더 늦기 전에 아내가 꼭 알아야 할

은퇴 남편 유쾌하게 길들이기

더 늦기 전에 아내가 꼭 알아야 할

은퇴 남편
유쾌하게 길들이기

오가와 유리 지음 | 김소운 옮김

 나무생각

들어가기 🍃

작년 여름부터 몸 상태가 심상치 않았다. 날씨가 선선해져도 좀처럼 좋아지지 않아 결국 대학병원에 입원해서 검사를 받기로 했다. 아무리 검사 차 입원했다지만 아저씨(남편의 별명. 나는 친근감을 담아 남편을 이렇게 부른다)보다 6살이나 아래인 내가 먼저 입원하는 사태가 벌어지리라고는 예상하지 못했다. 하지만 어쩌겠어, 엎어진 김에 쉬어 간다고 이참에 푹 쉬지 뭐. 그리고 동시에 이런 생각도 들었다. 은퇴한 직후부터 아저씨 혼자 알아서 하도록 착실하게 교육시키길 정말 잘했어, 잘했고 말고.

의사가 "모레 입원하세요. 최소한 2주 정도는 계셔야 합니다."라고 말해도 나는 조금도 당황하지 않았다. 만일 장기 입원을 하게 되더라도 걱정인 것은 일뿐이었다. 현재 나는 수필가로서 월간지와 신문(일주일에 한 번) 등에 몇 건의 연재를 하고 있다.

4

그것들을 어떻게 쓸까 하는 걱정이 들 뿐, 집 관리와 아저씨에 관해서는 일말의 불안도 없었다.

아저씨도 놀라기는 했어도 당황하지는 않았다. 아저씨는 이미 자립을 했기 때문이다. 설렁설렁 대충대충 하긴 해도 일단 집안일도 잘하고, 혼자 식사 준비도 가능하다. 내가 기초부터 철저히 가르쳤기 때문이다.

그런데 자립적인 남편으로 키우기를 잘했다는 생각과는 별개로 이번에 깨달은 것이 있다. 내게는 지금 아저씨밖에 의지할 사람이 없다는 것이다.

대학병원은 우리 집에서 멀다. 입원할 때 누군가 짐을 들고 따라나서지 않으면 혼자 가기는 도저히 무리다. 고심을 거듭한 끝에 연재 중인 수필을 병원에서 쓰기로 결정하고 사전과 원고지, 공책 등을 챙겨 넣어서 가방은 굉장히 무거웠다. 아이들은 멀리 떨어져 사는 데다 먹고사느라 바쁘니 부르기 어려웠다. 이렇게 갑작스럽게 입원해야 할 때 스스럼없이 부탁할 사람이 없다면 얼마나 난처할까. 이럴 경우를 대비해서라도 은퇴한 뒤에도 돈독한 친분관계를 구축해 둬야 한다.

입원 당일. 수속을 마친 후 빗속을 뚫고 2시간이나 걸려서 집으로 돌아가야 하는 아저씨에게 말했다.

"나는 병원에 있으니까 걱정할 필요 없어요. 그러니 아저씨는 평소대로 스포츠센터에도 열심히 다니고, 사교댄스도 빼먹지 말아요. 몸을 단련해서 체력을 길러둬야 내 시중을 들지.”

이틀 후 기막히게 화창한 날이었다. 오전 10시 반, 휴대전화에 문자 메시지가 들어왔다.

‘오늘은 날씨가 좋아서 빨래하고 이불을 말린 뒤 청소기를 돌렸어.’

나는 얼굴에 희색이 돌았다. 즉시 답장을 보냈다.

‘아저씨, 이제 살림에는 선수네! 신통방통해라~’

며칠 후 우편물 등을 챙겨서 아저씨가 병원에 왔다. 끼니는 잘 챙겨 먹는지 물어봤다.

“아침에는 빵과 우유에다 채 썬 양배추나 토마토 그리고 삶은 달걀.”

훌륭하다! 내가 있을 때와 별 차이가 없다. 양배추는 채소 슬라이서를 이용해서 채를 썰어본 모양이다.

“점심은 컵야키소바나 라면.”

홍홍.

“저녁에는 슈퍼마켓에서 좋아하는 반찬 몇 가지를 사다가 밥을 지어 먹어. 어제는 외식했어. 라면정식과 만두로.”

제법이다.

“쓰레기는?”

"분리해서 내놨어."

"곤란한 것은 없고?"

아저씨는 곧바로 명랑하게 대답했다.

"응, 하나도 없어."

아내가 장기간 집을 비워도 전혀 아쉬울 게 없다니. 하지만 눈곱만큼도 서운하지 않았다. 남편은 이래야 한다. 결국 나는 한 달가량 입원했으나 집을 비운 동안 집안일과 아저씨 걱정은 완전히 접어두었다. 덕분에 검사가 없는 시간에는 평온한 기분으로 원고를 쓸 수 있었다.

퇴원하고 집에 돌아왔을 때는 더욱 놀랐다. 잡초 천지이려니 짐작하고 정원을 봤는데 잡초는 찾아볼 수 없었고, 정원수도 산뜻하게 가지치기가 되어 있었다.

"아저씨, 드디어 이상적인 은퇴 남편이 되었네! 아유, 기특해~"

아저씨도 아주 싫지는 않은지 빙긋이 웃었다.

나는 새삼 마음속으로 외쳤다.

이게 전부 내 노력의 결과야!

'세상에 너도 참 어지간하다. 네 남편이 너무 불쌍해.'라며 나를 호랑이 마누라 취급하던 친구들이여, 어때 잘 봐!

내 방침은 틀리지 않았다. 은퇴한 뒤 '어차피 이 사람은 나 없으면 시체니까.' 하며 아이처럼 마냥 보살폈다면 오늘 같은 날은 없었을 것이다.

생각하면 한때는 일일이 챙겨줘야 하는 아저씨가 한심해서 울컥 화를 내고, 잇따른 냉전으로 스트레스에 찌들어 지냈다. 어디 그뿐인가. 문제에서 도망치는 한 방법으로 입을 다물어버리는 심약한 아저씨에게 악다구니를 쓰며 억지로 말을 시킨 날들도 부지기수다.

그런 시행착오를 반복하면서 '이런 말을 했다가는 역효과가 날지도 몰라. 다른 방법으로 가볼까?' 하며 나도 차츰 배워 나갔던 것이다. 또한 포기하지 않고 친절하게 타이르고 설명하며 동행해서 가르쳤기(뭐 가르쳤다는 말을 길들였다는 말로 바꿔도 무방하지만) 때문이다.

그렇다면 나는 왜 남편을 자립적으로 키우기로 결심했는가. 그것은 이혼할 마음이 없었기 때문이다. 이혼하지 않을 작정이라면 가급적 의좋게 지내는 게 상책이다. 그러나 아저씨는 빈둥빈둥 놀고, 나는 수발을 드는 이런 상태로는 아기자기하게 오순도순 살기는 글렀다고 확신했다.

다행히 노력한 보람(나의)이 있었다. 10점 만점이라면 은퇴한 직후에 5점 정도의 공기 같은 부부였던 나와 아저씨는 3년 후부터 조금씩 수준이 올라갔다. 6년을 경과한 현재는 8점 정도의 관계는 되지 않을까 자부한다.

이러한 체험을 통해 나는 은퇴한 남편을 둔 아내들에게 조심스레 남편 키우기 15조를 제언하고 싶다.

"예예, 은퇴할 때까지 집안일에는 젬병이었던 남편이라도 괜찮습니다. 은퇴할 때까지 정면으로 얼굴을 마주한 적이 없는 공기 같은 부부여도 걱정 붙들어 매십시오. 노력 여하에 따라 지금까지보다 서로를 훨씬 더 잘 이해하는 부부로 바뀔 수 있습니다."

단, 남편을 바꾸려면 아내 자신도 바뀌어야 한다. 책은 은퇴한 남편을 키우는 방법을 소개한 것과 동시에, 아내 자신도 달라지려는 노력을 하자고 호소한 것이기도 하다.

2007년부터 단카이 세대(일본에서 제2차 세계대전 이후 1947년부터 1949년 사이에 베이비붐으로 태어난 세대)의 대량 퇴직이 시작되었다. 내 주위에도 단카이 세대 남편을 둔 아내가 많다.

은퇴 후에 부부가 정답게 지내기를 원한다면, 이제부터 남편을 길들이자, 아니 키우자!

차례

변신!!

제 조

당장 실행!
"점심은 직접 차려 드세요."

제일 먼저 찾아오는
'점심 차리기' 고민

남편이 은퇴한 후 제일 먼저 찾아오는 아내의 최대 고민은 남편의 점심상 차리기가 아닐까. 지금까지 아내는 아침에 남편을 출근시키고 나면 점심 따위는 잊어버리곤 했다. 대개 배 고프면 대충 때울 뿐 혼자 먹겠다고 일부러 점심상을 차리지는 않는 법이다.

남편이 현역인 친구들에게 내가 이름 붙인 '건어물정식'을 점심으로 먹었다고 하면 "와, 진수성찬인걸! 잘했어."라고 칭찬해 준다. 그럴듯한 이름이어도 밥, 생선구이, 된장국, 김치, 여기에 전날 밤에 먹다 남은 음식을 곁들여 먹는 것에 불과하다. 말린 생선을 굽는 동안 된장국만 끓이면 되므로 칭찬받을 만한 것은 아니다. 된장국도 작은 냄비에 물을 붓고 끓으면 시판 중인 천연조미료와 건더기를 넣고 다시 한 번 팔팔 끓인 뒤 된장만 풀면 끝이다. 몇 분도 채 걸리지 않는다. 김치와 남은 반찬은 냉장고에서 꺼내기만 하면 되고, 밥은 전기밥솥에 있다.

내 생각에는 그야말로 초간단 점심 메뉴라서 "그럼 넌 점심에 뭘 먹어?"라고 물으면 주부인 친구들은 밝게 대답한다.

"낫도(푹 삶은 메주콩을 볏짚 꾸러미 등에 넣고 띄운 식품)에 비빈 밥과 남은 반찬."

"팥빵과 우유."

"요구르트와 바나나와 전병 등."

다이어트 중인 것은 아니다. 혼자 먹는 점심은 불도 칼도 쓰지 않고 '주변에 있는 것'을 먹으면 충분한 것이다. 시어머니나 친정어머니와 함께 사는 경우도 여자끼리니까 반찬 신경 안 쓰고 집에 있는 것으로 대충 때운다.

그런데 남편이 있으면 그럴 수가 없다고 한결같이 입을 모아 말한다. 뭔가 만들어야 한다. 왜냐하면 지금까지 가족을 위해 열심히 일한 남편이니까. 여기에 전업주부니까, 남편의 연금으로 사니까, 혹은 남편이 달마다 주는 생활비로 사니까 등의 이유가 추가된다.

나는 남편이 '내 덕에 생계를 유지하니까'라는 관점에서 점심이야 응당 차려주겠거니 하고 기다린다고는 생각지 않는다(속내야 어떨지 모르지만).

그러나 대부분의 은퇴한 남편은 점심을 너무 쉽게 생각한다. 짐작컨대 현역시절의 휴일 낮과 같은 마음으로 점심을 기다리는 것이 아닐지. 더욱이 한술 더 떠서 은퇴한 뒤로도 규칙적으로 12시 땡 치면 먹으려 든다.

"5분, 10분 늦는 것이 무슨 대수라고 그렇게 보채고 난리예요. 아무런 약속도 없으면서……."

"어린애처럼 식탁에 팔꿈치를 괴고 이제나저제나 눈앞에 점심상이 차려지기만을 학수고대해."

어린애라면 '그래, 다 됐으니 조금만 기다려~' 하고 상냥하게 달래겠지만 남편이라면 속에서 천불이 난다. "이런 말하기 뭣하지만 집에서 펑펑 노는 주제에 무슨 염치로 하루 세 끼 꼬박꼬박 챙겨 먹느냐고 면박을 주려다 참았어요."라고 말하는 아내까지 있다.

생각해 보라. 정각 12시에 먹을 수 있도록 점심상을 차리려면 간단한 것도 11시 반 지나서는 조리를 시작해야 한다. 아내의 아침은 바쁘다. 아침상 차리기, 설거지, 세탁물 건조, 간단히 청소하고 날씨가 좋으면 이불도 말린다. 후유 하고 한숨 돌리고 차라

도 한 잔 마시면 금방 11시이다. 멍하니 있을 틈이 없다. 냉장고
가 비었으면 서둘러 근처 슈퍼마켓으로 달려가야 한다. 점심 메
뉴도 골칫거리다. 매일 똑같은 반찬을 내놓아서도 안 된다.

"온종일 남편 밥상 차리느라 내 볼일도 못 본다니까. 오죽하
면 친정엄마 병문안 갈 때도 꼭두새벽에 일어나서 남편 도시락
을 만들어놓고 갈까."

남편이 집에 죽치고 있으면 친구랑 밖에서 오붓하게 점심 한
끼 먹기도 쉽지 않다. 무슨 영문인지 주부들의 사전에는 '남편
과의 점심 데이트'라는 항목은 없다.

한 스포츠센터의 수영장에서는 오전 11시가 지나면 중장년층
부인들이 술렁거리며 하나 둘씩 물 속에서 나온다고 한다. 집에
서 남편이 점심을 기다리고 있기 때문이다.

점심을 차리면 설거지거리도 늘어난다. 혼자 먹으면 설거지
거리는 거의 나오지 않건만. 남편 점심 때문에 시간에 얽매이고
가윗일이 늘어나는 것이다. 더욱이 남편은 그것을 당연시하며
고마워하는 척도 않는다.

그래서 아내들은 점심을 저주한다. 그렇다, 은퇴 후에 아내
가 마음속으로 투덜거리면서 만드는 점심은 '원한의 점심'인
것이다.

점심은 직접 차려 먹고
설거지도 하세요

우리 집 아저씨도 은퇴한 뒤에는 점심 따위는 전혀 신경 쓰지 않았다. 결혼한 뒤로 휴일마다 늘 그랬듯이, 내가 "점심 다 되었어요!"라고 불러서 "어, 그래." 하고 자리에 앉으면 눈앞에 점심상이 나타난다.

다 먹은 뒤에도 식기를 개수대에 갖다놓을 생각은 않고 이쑤시개를 물고 종종걸음으로 텔레비전 앞으로 돌아간다. 그런 행복한 점심이 영원히 이어지리라 믿었던 모양이다. 내가 선배 주부들로부터 점심에 맺힌 원한을 실컷 듣고 이미 모종의 결심을 굳혔으리라고는 상상조차 못하고.

아저씨의 악몽은 은퇴한 첫날에 시작되었다.

정오가 지나서 나는 건어물정식을 2인분 만들었다. 아주 자연스럽게 눈앞의 밥을, 구운 생선을, 된장국을, 전날 밤에 남긴 음식을 입으로 가져가는 아저씨. 결혼한 뒤에 안 사실인데 아저씨의 장점은 차려놓은 음식을 남김없이 먹어치운다는 것이다. 하긴 생선뼈는 남기지만.

아저씨의 만족스러워하는 얼굴을 본 순간 살짝 마음이 약해졌지만 나는 스스로를 격려하며 말했다. 아니 명령했다.

"아저씨는 건강하고, 이젠 시간도 남아돌죠. 내일부터 점심은 직접 차려 먹고 설거지도 하세요."

내일부터 점심은 직접 차려 먹으라고? 갑자기 강편치를 맞은 아저씨는 즉각 대답하지 못했다. 완전히 마른하늘에 날벼락 맞은 기분이었을 것이다. 잠시 후 하소연하듯이 말했다.

"아무거나 차려주는 대로 먹을게. 김치랑 밥만 있으면 돼."

반찬 만드느라 수고하지 않아도 된다는 의미이다. 수고의 문제가 아니야, 아저씨. 나는 씩 웃었다.

"그럼 아무거나 좋아하는 걸로 직접 만들어 먹으면 되겠네요."

"음……."

"먹고 싶은 게 있으면 뭐든 말만 해요, 가르쳐줄 테니. 평소에 먹는 음식은 마음만 먹으면 금방 배울 수 있어요."

아저씨는 깨달았다. 이제 행복한 점심이 찾아오지 않는다는 것을.

"응……."

해냈다!

남편이 은퇴한 뒤 우리 집 점심 문제는 이렇게 매듭지어졌다. 그후로 지금까지 나는 한 번도 아저씨 점심 때문에 괴로워한 적이 없다. 그래서 기회가 있을 때마다 은퇴한 남편을 둔 친구와 지인을 부추긴다.

"남편은 건강하시죠? 그럼 밑져야 본전이니 말해 보세요. 앞으로 점심은 직접 차려 드시지 않겠냐고. 점심 차리는 일에서만 벗어나도 살 것 같다고. 매일이 아니어도 된다, 일주일의 절반만이라도 좋으니 그렇게 해달라고 말해 보세요."

한 부인으로부터 전화가 왔다. 그녀의 남편은 몇 년 전에 은퇴했다.

"시원스럽게 '어어, 좋아!'라고 하더라고요. 심심풀이로 요리를 배워보는 것도 좋겠다며. 진작 말할 걸 그랬어요."

아내에게 요리의 기본을 배우면서 점심을 만들어 먹기 시작한 그 남편은 점차 솜씨가 늘었다. 천성적으로 무슨 일이든 진지하게 최선을 다하는 분인지라 텔레비전 요리 프로그램을 보고 메모도 하고, 전날 저녁에 직접 재료를 갖춰서 장을 봐온다.

육용 실패

①
저…
앞으로
점심은 직접
차려 드실래요?

② ← 난처한 기색이 역력한 표정

③
점심은
안 먹어도 돼!
거를게!

④
병이라도 났을 때는
어쩔지 걱정이야!

하다못해
직접 사다
먹으라는
말이라도
해보지?

지금은 오전 11시 20분이 되면 부리나케 점심 준비를 시작한다고 한다. 이따금씩 "오늘은 우동이야. 1인분이나 2인분이나 만들기는 매한가지니까 같이 만들어줄게."라며 서비스까지 해준단다. 훌륭한 은퇴 남편으로 성장했다.

그런데 이런 남편도 있다.

한 남편은 점심을 직접 차려 먹지 않겠느냐는 아내의 말에 난처한 기색이 역력한 표정으로 이렇게 대답했다고 한다.

"그럼 점심은 안 먹어도 돼. 거를게."

기가 막혀서 웃고 말았다. 그 아내는 더 이상 강요할 수 없어서(아깝다!) 결국 원래대로 꼬박꼬박 점심을 해다 바치며 산다. 육아가 아닌 '육옹(育翁)'에 실패한 것이다. 부득이한 사정으로 점심시간에 맞춰 들어갈 수 없을 때는 도시락을 사서 남편에게 건네준다고 한다.

에구, 최소한 편의점에 가서 직접 사다 먹으라는 말 정도는 해보지. 만일 아내가 입원 등으로 장기간 집을 비우면 그 남편은 어쩌려고 그럴까. 남의 일이지만 심히 걱정된다.

사 먹는 방식도 있어요

은퇴한 남편의 점심을 해결하는 방법에는 이런 것도 있다. 사 먹는 방식이다.

히로코 씨는 시어머니를 모시고 남편과 셋이 산다. 남편은 현역 시절부터 은퇴한 후에 점심은 자기가 담당하겠다고 했다. 오랜 기간 자취생활을 했던 그녀의 남편은 그 동안 요리를 배워서 누카즈케(소금을 섞은 쌀겨에 채소 등을 잠기게 넣고 숙성시킨 것)까지 잘 담글 만큼 솜씨가 뛰어났다. 은퇴한 뒤 남편은 약속대로 점심을 만들어주었다. 히로코 씨와 시어머니는 무척 기뻐했다.

"와, 맛있다!"

"정말 제대로 만들었구나."

매일 둘이서 입에 침이 마르도록 칭찬했다. 우동, 메밀국수, 라면 등 주로 면류였지만 정말로 맛있었던 것이다.

"응, 이번에는 다시마와 말린 가다랑어 포로 국물을 냈거든."

처음에는 그 남편도 뿌듯해 했으나 반년쯤 지나자 점점 꾀가 나는 모양이었다. 지금은 방법을 바꿔서 운동도 할 겸 점심은 알아서 사오겠다며 매일 오전 10시 반이면 산책을 나간다고 한다. 상점가를 누비며 이곳저곳 구경하면서 점찍어 두었다가 돌아오는 길에 예산 내에서 사온다고.

"이 빵은 이번에 새로 생긴 가게에서 사온 거야. 저기 세탁소 옆길로 쭉 가면……."

남편으로부터 이런저런 가게 정보를 들으면서 셋이 단란하게 점심식사를 한다. 남편이 사온 점심을 먹을 때 주의할 점은, 뭘 사오든 절대 불평하지 않는 것이란다.

"대개는 6~7백 엔 선이고, 간혹 천 엔 정도. 빵, 유부초밥, 경단이나 고기만두 등을 사들고 정확히 정오 전에 돌아옵니다. 점심에는 뭘 해먹나 하는 고민에서 해방되어서 좋고, 오늘 메뉴는 뭘까 기대가 되기도 합니다. 점심이야 원래 있는 것으로 때웠으니까 그 정도면 감지덕지죠."

은퇴 후의 점심 문제는 부부간의 대화로 해결할 수 있다고 생각한다. 전업주부라서 차마 입이 안 떨어진다, 남편은 만들 줄 아는 게 하나도 없다는 등의 이유를 대며 점심 챙기는 일에 매여 사는 주부들은 자신의 마음속을 들여다보라. 어딘가에 점심을 챙겨주고픈 마음(혹은 사랑일지도)과 '남편은 나 없으면 시체야.'라는 존재 가치를 인정받고 싶은 마음이 있지는 않은지.

나는 둘 다 희박해서 다짜고짜 시킨 건가?

제 1 조

그날 이후의 점심 풍경

　　　　　　　　"내일부터 점심은 본인이 직접 차려 먹고 설거지도 하세요. 먹고 싶은 것이 있으면 말해요, 가르쳐줄 테니. 요리는 마음만 먹으면 금방 배울 수 있으니까."라고 명령한 것은 아저씨가 은퇴한 첫날이었다.

그로부터 6년.

어느 날의 우리 집 점심 풍경이다.

오전 11시 45분. 아저씨는 작은 냄비를 꺼내 계량컵으로 정확히 물 분량을 잰다. 눈대중으로 하기가 어려운 것이다. 냄비를 가스레인지에 올리더니 냉장고에서 양배추를 꺼낸다. 건더기로 채소를 꼭 넣으라는 내 가르침을 잘 지킨다. 양배추를 서벅서벅 썰어서 채에 넣고 씻는다. 물이 팔팔 끓자 면을 넣고 타이머를 맞춘다. 인스턴트 라면 봉투에 물이 팔팔 끓으면 뭉치지 않게 젓가락으로 저으면서 4분가량 삶으라고 써 있기 때문이다.

튀김용 젓가락으로 면을 푸는 손놀림도 능숙하다. 양배추를 넣고 곧이어 완성된 인스턴트 라면을 대접에 옮겨 담은 다음 멘마(중국식 양념을 한 죽순 장아찌)와 돼지고기(간장, 청주, 복합조미료를 넣고 덩어리째 푹 삶아서 얇게 저민)를 얹는다. 삶은 돼지고기가 떨어졌을 때는 면을 삶을 때 달걀을 깨서 넣는다. 영양 만점이다.

"오~ 냄새 죽이는데!"

아저씨는 기쁨의 감탄사를 연발하며 수저를 든다. 정확히 정오를 30분쯤 지난 시각.

약간 늦게 나의 건어물정식이 완성된다. 한 식탁에 마주앉아 각자 자신이 준비한 점심을 먹는다.

"저기 공원 앞에 공터가 있지? 거기에 또 아파트가 들어설 모양이야."

"이 근처도 인구가 점점 늘어나네."

이렇게 세상 돌아가는 이야기를 주고받으면서 느긋하게 점심을 먹는다. 다 먹으면 아저씨는 익숙한 손놀림으로 고무장갑을

끼고 인스턴트 라면을 만들기 위해 썼던 작은 냄비, 채, 대접 등을 씻는다. 이어서 내 차례가 오면 밥그릇과 접시 등을 씻는다. 우리 집의 '점심은 직접 차려 먹고 설거지도 한다'는 규칙이 확실히 정착했다.

0에서 20까지
인내심을 갖고 가르치세요

　　　　　　은퇴할 때까지 아저씨가 부엌에서
할 줄 아는 것은 물 끓이는 게 고작이었다. 차는커녕 인스턴트
커피조차 탈 줄 몰랐다. 아니 못했다기보다 아예 할 마음이 없
었다. 그랬던 사람이 이렇게까지 발전한 것이다.

　아저씨를 이렇게까지 만든 데는 몇 가지 비결이 있다. 하지
만 뭐니 뭐니 해도 가장 중요한 핵심은 하나부터 열까지 정도
가 아니라 0부터 20까지 인내심을 갖고 가르치는 것이라고 할
수 있다.

　기껏해야 인스턴트 라면이라고 비웃어서는 안 된다(나도 처음

하면 된다

아내에게 요리의 기본을 배운다.

요리의 기본은 이러저러...

텔레비전 요리 프로그램을 보고 연구

오호

메모하고 있음.

혼자 장보는 것도 거뜬해요!

이 생선은 얼마죠?

어서 오세요!

당신 다 컸네요.

숨어서 보고 있음.

생선을 굽고 있음.

치이익

생선을 주었음.

빙긋빙긋

에 웃었지만). 예순이 될 때까지 부엌에는 얼씬도 안 했다면 인스 턴트 라면이라도 결코 만만치가 않다. 아무튼 인스턴트 라면이 요리에 속하는지 아닌지는 차치하고 요리 이전의 기초부터 가 르치는 것이 중요하다.

내가 인스턴트 라면을 만들기에 앞서 아저씨에게 가르친 것 은 다음과 같다.

냄비를 수납해 둔 곳, 용도에 맞는 크기와 형태의 냄비를 쓸 것, 계량컵 사용법, 식칼 쓰는 법, 채소 씻는 법과 써는 법, 팔팔 끓는 물에 면을 뭉텅이로 넣지 말 것, 튀김용 젓가락으로 휘휘 저을 것, 라면 대접이 있는 곳, 완성된 라면을 대접에 옮길 때 주의사항.

공부로 말하면 가나다를 가르치기 전에 연필 쥐는 법부터 가 르친 것이다.

요리에는 준비와 순서가 중요하다. 그것도 가르쳤다.

"어머 이런! 아저씨, 냄비의 물이 팔팔 끓을 때까지 지키고 서 있어야 하는 것은 아니에요. 그 사이에 채소를 써세요."

"아이고, 면이 삶아지는 4분 내내 저을 필요는 없어요. 두세 번 젓고 모양을 보면서 라면 대접을 준비하세요."

그런데 무더운 여름철에 인스턴트 라면을 먹자니 사우나가 따로 없었다. 아저씨는 이제 인스턴트 냉면 만드는 데도 도가

텄다. 면 위에는 잘게 썬 오이, 토마토, 햄 등을 듬뿍 얹는다. 이 것도 내가 끈질기게 지도한 덕택이다. 친구가 묻는다.

"와, 제법이신걸. 그밖에는 어떤 것을 만드실 수 있어?"

"컵라면과 컵야키소바를 만들 수 있지."

그렇다. 6년 간 아저씨가 완벽하게 익힌 것은 인스턴트 라면 과 인스턴트 냉면 두 가지이다. 이것에 물만 부으면 되는 컵라 면과 컵야키소바를 더하면 4종류이다. 은퇴 전이 0이니까 4배 이다. 대단하지 않은가!

실은 아저씨가 만들어보고 싶다고 자청한 것은 그밖에 세 가 지가 더 있다. 스파게티, 야키소바(생면을 이용), 소면이다. 아저 씨는 면류를 무척 좋아한다.

"그래요, 일단은 함께 만들어봐요."

나는 아저씨와 함께 개수대 앞에 서서 여느 때처럼 친절하게 설명하면서 조리를 시작했다. 그런데 아저씨는 스파게티 삶는 것만 달랑 보고는 "앓느니 죽지. 뭐가 이리 번거롭고 오래 걸 려?"라며 어려워했다. 프라이팬을 이용하는 야키소바도 "기름 을 둘러야 해? 에이 귀찮아. 그냥 컵야키소바나 먹을래."라며 단념했고, 소면도 "에이 복잡해. 차라리 안 먹고 말지." 하며 깨 끗이 포기했다.

"소면 삶는 정도는 간단하잖아요. 습관의 문제예요. 언제든 배

기껏해야 인스턴트?
하지만 인스턴트라도 어디야!

울 마음이 들면 말해요."라고 격려했으나 아저씨는 전혀 내키지 않는 모양이다.

뭐 여름철에는 나도 이따금씩 소면을 먹으니까 그때 아저씨 몫까지 만들어주기로 했다. "오늘 소면은 서비스예요."라고 생색을 내면서. 아저씨는 감격의 눈물을 흘리면서(뻥이 너무 심한가?) 후루룩 후루룩 소면을 먹는다.

아저씨가 자신의 점심을 만들지 않아도 되는 기간도 있다. 딸이 아이를 데리고 친정에 다니러 왔을 때, 아들이 왔을 때, 손님이 있을 때이다. 어차피 내가 모든 사람의 몫을 한꺼번에 만들거나 사오기 때문이다. '점심은 직접'을 기본으로 하면서 임기응변으로 대처하는 것이다.

당근과 채찍을 적절히 쓴다!

제 2 조

상갓집 분위기의
저녁식사에서 탈출하라

민첩한 시간차 공격법을 쓰라

은퇴 후에 닥치는 예상치도 못했던 괴로움. 그것은 매일 삼시 세 끼 부부가 마주앉아 밥을 먹는 것이다.

왜? 이유는 명백하다. 따분하니까.

모름지기 밥이라는 것은 담소를 나누면서 먹어야만 맛있는 법. 그러나 여태껏 대화다운 대화가 없었던 부부가 은퇴 후에 갑자기 화기애애한 대화가 오갈 리 만무하다. 대화가 없으면 웃음도 나오질 않는다. 이야기도 웃음도 부재라면 당연히 매번 침묵의 식사시간이 된다. 잠자코 먹기만 하니 밥이라기보다는 먹이를 먹는 심정이다.

이 침묵의 식사에서 도망치기 위해 아침과 점심을 의도적으로 따로 먹는 부부도 있다. 남편이나 아내 어느 한쪽이 핑곗거리를 만들어 식사 시간을 엇갈리게 하는 '시간차 공격형 식사'이다.

어떤 부인은 아침 일찍 일어나 먼저 식사를 마친다. 한 시간 후에 일어난 남편은 아내가 준비해 준 아침을 혼자 먹는다. 그사이에 아내는 빨래를 널고 오겠다는 등의 핑계를 대고 다른 곳에 가 있다.

이와 반대 패턴으로 남편이 먼저 일어나 식사를 마치는 경우도 있다. A씨는 오전 5시에 일어나 한 시간가량 어슬렁어슬렁 걷다가 들어온다. 아내는 그가 은퇴한 날부터 "이제는 일찍 일어날 필요 없으니 아침에 깨우지 마세요. 아침 반찬은 냉장고에 넣어둘게요."라고 말하고 7시 반경에 기상한다. 오전 6시에 A씨는 직접 1인분의 된장국을 끓인다. 자취생활을 한 경험이 있어서 시판 중인 천연조미료를 이용해 된장국 끓이는 것쯤은 식은 죽 먹기다. 전기밥솥에서 밥을 푸고 냉장고에서 나물이랑 낫도, 김치 등의 반찬을 꺼내서 느긋하게 혼자 아침식사를 한다.

B씨는 시간차＋자급자족형이다. 원래 아침에 일찍 일어나는 데다 손재주도 있다.

"아침식사는 빵에 우유, 달걀 프라이, 요구르트 정도만 있으면 충분합니다. 입에 당기는 것으로 혼자 먹을 만큼만 만들어서 먼저 먹습니다."

B씨가 다 먹은 뒤에 아내가 일어난다. 점심은 아내가 "사회복지관 강좌랑 동호회 등에 갔다가 슈퍼마켓에 들러 올 테니 당신 먼저 드세요." 하는 식으로 식사 시간을 엇갈리게 한다. 아울러 이런 경우 제1조에서 말했다시피 대부분의 아내가 남편의 점심상을 봐놓고 외출한다.

그러나 아무리 시간차 공격형으로 아침과 점심을 해결해도 저녁식사만큼은 따로 먹기가 힘들다. 남편이나 아내나 밤에 외출하는 일은 드물어 따로 먹을 구실이 없기 때문이다.

우리 집의 경우도 다음과 같은 상황이 벌어졌다.

오후 6시에 내가 "식사하시겠어요?"라고 아저씨에게 말한다. 아저씨는 섭섭한 듯이 거실의 텔레비전을 끈다. 우리 집에서는 옛날부터 식사 때는 텔레비전을 보지 않는 것이 규칙이기 때문이다. 부엌에 온 아저씨는 식탁에 앉자 요리가 담긴 접시들을 무덤덤하게 바라보더니 기어들어가는 목소리로 "잘 먹을게."라고 한마디 툭 던지고는 잠자코 먹기 시작한다.

진짜 어두운 인간이라니까.

나는 캔맥주를 따고 마음에 드는 잔에 따라 마신다.

"크, 꿀맛이야!"

아저씨는 눈을 치떠서 나를 흘끗 본다.

"아저씨는 안 마셔요?"

일단 말해 본다.

"오늘은 됐어."

빈약한 대화도 거기서 끊기고 그 뒤로는 내가 오도독오도독 땅콩 씹어 먹는 소리, 아저씨가 음식 씹는 소리만이 들릴 뿐이다. 썰렁한 정적이 두 사람을 압박하듯이 감싼다. 마치 상갓집에서 식사하는 것 같다.

이런 때는 마주 앉아 먹지 않는 편이 오히려 마음 편하다. 지인은 시어머니와 함께 사는데 최근에 생각이 맞질 않아 곧잘 옥신각신한다. 시어머니 얼굴을 보면 마음이 불편해서 차 마실 때나 식사할 때는 마주 앉지 않고 옆자리에 앉는다고 한다.

과연 바로 옆에 앉으면 보기 싫은 얼굴을 안 봐도 되겠구나. 우리 집도 리모델링할 때는 바의 카운터처럼 식탁을 만들어서 아저씨 옆에 나란히 앉아서 먹을까?

아저씨에게는 원래 식사 분위기를 돋우는 서비스 정신이 없다. 숫기가 없어서 남에게 먼저 말 걸기를 쑥스러워하기 때문이다. 요리에 흥미가 없으니 식재료나 조리법에도 무관심하다. 신문을 반나절이나 정독하는데도 그것을 화제로 꺼내는 것도 아니다. 묵묵히 음식을 입에 가져다 넣는 아저씨의 모습을 보고 있노라면 나도 말 걸고 싶은 마음이 싹 달아난다. 침묵이 흐르는 답답한 분위기에서 맥주를 마시니 점점 더 괴롭다. 완전 고행이다. 고행은 아저씨가 "잘 먹었어."라며 자리에서 일어나 거실로 갈 때까지 이어진다.

상갓집 분위기에서
대폿집 분위기로

저녁밥이란 아침식사나 점심에 비해 가장 제대로 된 음식을 먹는 시간이다. 지금까지 들은 이야기 중 유일하게 한 부인만 "우리 집은 살찌지 않게 밤에는 가볍게 먹고 아침과 점심에 푸짐하게 고기나 생선을 이용한 요리를 먹습니다."라고 했다. 하지만 일반적으로는 '저녁밥＝진수성찬'일 것이다. 우리 집도 예외는 아니다. 아침은 빵과 샐러드, 달걀, 커피. 점심은 나는 건어물정식, 아저씨는 주로 인스턴트 라면이나 컵라면 혹은 컵야키소바.

그래서 저녁 반찬이 부실하면 나는 일할 의욕도 상실한다. 아저씨는 영양실조에 걸릴 것이다. 그날 하루 중 최고의 진수성찬이라고 해도 어차피 서민풍의 소박한 만찬이다. 끽해야 고기나 생선을 이용한 주요리에 조림과 두부 요리, 무침을 곁들이는 정도랄까. 그러나 산해진미건 좋아하는 음식이건 간에 무거운 침묵이 흐르는 가운데서 먹으면 맛이 없다. 더욱이 아침과 점심에 비해 반찬 가짓수가 많은 만큼 먹는 데 시간이 걸리므로 고행 시간도 길어진다.

하루의 끝맺음인 저녁식사를 유쾌하게 하고 싶어.

맥주를 맛있게 마시고 싶어.

몇 달 내내 상갓집 분위기에서 저녁식사를 했더니 드디어 내 인내심에 한계가 왔다. 무슨 수를 내야 해! 그러려면 우선 침묵부터 제거해야 했다. 소리가 필요했다.

배경음악을 깔기로 했다. 라디오의 야간 경기 중계를 선택했다. 아나운서의 흥분한 듯한 목소리가 시합 경과를 시시각각 알린다. 해설자가 말한다. 구장이 웅성거린다. 라디오에서 나오는 활기가 내 마음에 살짝 활기를 불어넣었다. 아저씨에게 말을 걸어볼까 하는 마음이 들었다.

"여기서 안타가 한 방 나와야 하는데…… 그치요?"

아저씨도 살았다 싶었는지 반갑게 대꾸한다.

"칠 수 있을라나. ○○는 요즘 컨디션이 난조라서 말이야."

"그래도 찬스에는 강하다고 하잖아요."

그때 라디오에서는 '와아! 와아!' 하는 환호성이 흘러나온다. 잠시 두 사람은 라디오 방송에 귀를 기울인다. '타자 삼진 아웃!' 하고 아나운서가 외친다.

"이런 역시 못 쳤군."

"이야~ 이제부터 시합이 흥미로워지겠네요."

앗, 어느새 대화하고 있는 게 아닌가. 말을 걸면 아저씨도 기분 좋게 대화에 응한다는 것을 알았다. 라디오 야간 경기 중계가 저녁식사 내내 상갓집 분위기였던 우리 집을 살린 것이다.

야간 경기 중계가 없는 때는 어떻게 할까?

라디오 카세트로 가요를 튼다. 우리 집에는 예전에 아저씨가 통신판매에서 산 '○○전집'이라는 CD세트가 몇 세트나 있다. 그리운 가요가 빼곡히 수록되어 있다. 한 장에 13~17곡 정도나 수록되어 있으므로 라디오 카세트의 시작 버튼을 탁 누르면 저녁식사 시간 내내 노래가 흐른다. 맥주와 가요. 거의 대폿집 분위기가 된다.

"아저씨도 마실래요?"

"응."

술이 들어가자 말도 술술 나온다.

"이것은 1955년경에 유행했던 거군. 내가 그러니까…… 중학교 3학년 무렵인가."

"나는 아직 초등학교 3학년! 하지만 이 노래는 알아. 어째서 일까. '그리운 어쩌고'라는 음악 프로그램에서 자주 나와서 그런가?"

이런 식으로 대화가 무르익으면 맥주도 반찬도 꿀맛이다. 가요도 상갓집 분위기에서 저녁 먹는 우리 부부를 구한 것이다.

내가 아침부터 온종일 일하러 나가는 날에는 이렇게 대폿집 분위기에서 저녁을 먹는 것이 아저씨와의 유일한 대화 시간이다. 아저씨는 텔레비전 드라마나 와이드 쇼를 곧잘 보므로 연예 뉴스에 강하다. 그것들에서 보고 들은 이야기도 조금씩 들려준다. 통속적이지만 스스럼없는 대화. 이렇게 해서 우리 집은 상갓집 분위기의 저녁식사에서 탈출했다.

그 경험을 통해 발견한 것이 있다.

아저씨도 이야기하는 것을 무척 좋아한다는 것이다. 어쩌면 지금까지 내게 아저씨의 이야기를 들으려는 자세가 없었는지도 모르겠다. 남편이 말주변이 없고 과묵하다고 생각하지만, 어쩌면 그것은 나의 착각일지도 모른다는 발견이기도 했다.

이런 예도 있다.

어느 은퇴한 남편은 아저씨 타입의 얌전한 성격. 부인 말에 의하면 그 남편은 원래 말수가 적고 무뚝뚝한 성격이라 은퇴한 뒤에는 부부간에도 거의 대화가 없다고 했다. 그런데 아내가 아르바이트를 하러 나간 뒤 남편은 도로변으로 나 있는 창가에 서서 집앞을 오가는 행인들을 바라보곤 했다. 도로는 바로 앞의 시청으로 통하는데, 남편은 시청으로 가는 사람들 틈에서 지인을 발견할 때마다 큰 소리로 불러 세우고 냉큼 달려 나간다고 했다.

"남편분은 항상 싱글벙글 웃으며 말씀을 나누세요."(근처 주민)

과묵하지도, 사람 만나기를 싫어하지도 않는 것이다. 하루 종일 혼자 집에 있으려니 누군가와 얘기하고 싶어서 좀이 쑤신다. 하지만 아내는 집에 돌아와서도 자신과 얘기하지 않는다. 그러니 하다못해 길 가는 행인이라도 붙잡고 대화를 나누려는 것이다.

나는 아내들에게 말하고 싶다. 저녁식사 때만이라도 남편의 말상대가 되어주지 않겠느냐고.

남편들에게도 말하고 싶다. 저녁식사 때만이라도 아내에게 말을 붙여보지 않겠느냐고. 요리에 대한 감상을 말하거나 "이것은 무슨 채소야?"라고 질문하며 대화의 물꼬를 트면 효과적이다. 단, 명심해야 할 것이 있다. 절대 트집 잡지 말 것, 가급적 칭찬할 것!

앞으로도 줄곧 둘이서만 먹어야 하는 저녁식사. 이 시간을 은퇴한 뒤의 소박한 행복 가운데 하나로 만드느냐, 아니면 괴로운 고행의 시간으로 만드느냐는 본인 하기 나름이다.

각자 입맛에 맞는 음식으로

우리 집에서는 점심식사 외에는 내가 만든다. 내 기분에 맞춰서 먹고 싶은 것을 만든다. 이것은 조리하는 측의 특권이다. 간혹 "아저씨 오늘 저녁은 뭘 먹고 싶어요?"라고 묻기도 하지만 어차피 아저씨가 좋아하는 새우튀김이나 비프스테이크는 만들지 않는다. 역시 내가 먹고 싶은 것으로 준비한다.

그런데 아내의 기호에 맞춘 식사 메뉴에 거부 반응을 일으키는 남편도 있다.

그 부인은 항상 자기 입맛에 맞는 담백하고 개운한 반찬만 만들었다. 그날도 여느 때처럼 생선구이, 무침, 조림에 된장국 등을 곁들여 상을 차렸다. 식탁 위를 본 남편이 실망한 얼굴로 말했다.

"또 이거야……."

아내는 말했다.

"나는 이런 담백한 음식이 좋아요."

"내게도 최소한 저녁밥 정도는 좋아하는 음식을 먹을 권리가 있어."

그 마음은 잘 알지만 아내는 잠자코 있었다. 남편이 좋아하는 기름지고 푸짐한 요리는 먹고 나면 위가 거북하기 때문이다. 남편은 잠시 생각한 뒤에 말했다.

"좋아. 내일부터 내 저녁밥과 술안주는 직접 만들래. 가르쳐 줘."

저녁에는 좋아하는 음식을 먹고 싶다는 바람을 실현하려고 남편은 이튿날부터 정말로 아내에게 요리를 배우기 시작했다. 남성은 탐구심이 강하고 열성적이어서 실력이 빨리 는다.

"날마다 기름에 볶는 요리, 튀김, 육류 요리를 늘어놓고 신나게 먹습니다. 간혹 그런 음식이 당길 때는 제 몫까지 함께 만들어 달라고 부탁합니다."

입맛에 맞는 음식을 각자 만들어 먹으니 남편도 아내도 만족스러운 저녁식사다.

한편 저녁밥은 모두 냉동식품으로 해결한다는 부인도 있다.

"원래 요리하기를 좋아하지 않아요. 남편도 요리할 마음은 없고 만들어주기만 하면 아무거나 괜찮다기에 제일 간단한 방법으로 해결했습니다. 가끔 나물 정도는 무치지만."

햄버그 스테이크도, 통닭도 냉동식품을 사와서 전자렌지에 돌린다. 곁들여 먹을 샐러드만 만든다. 생선은 회나 반찬 매장에서 양념해 둔 것을 사온다.

저녁상 차리기가 부담스러워서 스트레스가 쌓인다면 이런 명쾌한 해결 방법도 좋을 것이다. 중요한 것은 은퇴한 뒤에도 단란한 저녁식사를 즐기는 것이므로.

대폿집 분위기의 저녁식사
'의리 없는 싸움'

제3조

무관심한 남편에게
집안일을 시키는 방법

우선은 양자택일부터

　　　　　내가 은퇴한 아저씨에게 날이 갈
수록 화가 났던 이유는 집안일에 대한 철저한 무관심과 방관 때
문이었다.

　나는 어떻게든 오전 9시까지는 집안일을 대충 끝내고 일을 시
작하려고 이른 아침부터 분주히 움직인다. 하지만 아저씨는 느
지막하게 일어나 내가 식탁 위에 차려놓은 아침식사를 천천히
먹는다. 그러고는 식기를 개수대에 가져다놓지도 않고 그대로
거실 소파로 돌아가 텔레비전을 켜고 신문을 읽기 시작한다. 내
가 거실에서 청소기를 돌리기 시작하면 아저씨는 그 자세로 잠

자코 양발을 바닥에서 들어올린다. 이렇게 하면 발밑에도 청소기를 돌릴 수 있겠거니 하는 것이다. 양발을 걷어차고 싶어진다.

나는 새삼 깨닫는다. 결혼한 이후로 아저씨의 사전에는 '집안일 거들기'라는 항목이 없었다는 것을. 살림과 그밖의 집안 대소사는 모두 '아내의 일'이란 항목에 들어 있었다는 것을. 그것은 은퇴해서 한가해져도 여전히 그러리라는 것을.

양심에 털 난 인간 같으니! 어떻게 내가 일일이 챙겨주길 바라냐고! 은퇴했으면 얼마쯤, 아니 절반만이라도 살림을 분담해주면 어디가 덧나? 어우 내 팔자야!

그러나 아저씨 입에서 집안일을 '거들어줄까?' '이것은 내가 맡아서 할까?' 하는 말이 나오는 것은 백년하청이나 다름이 없다. 탁한 황하의 물이 맑아지기를 기대하는 꼴이니 기다려봤자 허사라는 얘기다.

이처럼 무관심한 남편에게 집안일을 거들게 할 묘안이 없을까. 나는 이리저리 방법을 궁리했다.

주부의 아침은 바쁘다. 당시에는 개를 기르고 있었으므로 개를 산책시키는 일도 있었다. 산책 나가고 싶어 조바심이 난 개는 아저씨가 일어날 때까지 기다리지 못하고 낑낑거리며 얼른 가자고 졸라댔다. 그 때문에라도 일찍 일어나야 해서 나는 겨울에도 오전 6시, 여름에는 오전 5시 반이면 일어났다.

개를 산책시키고 돌아와서 아침식사 준비와 빨래를 한다. 날씨가 화창하면 아무래도 빨래를 해야 직성이 풀린다. 세탁기가 돌아가는 동안 혼자 아침식사를 한다. 빨래를 널고 분주하게 움직이는 사이에 벌써 오전 8시가 가까워온다. 그때쯤 아저씨가 느지막하게 일어난다.

아직 부엌에 쌓아놓은 설거지와 청소기 돌리는 일이 남았다. 바닥과 계단에 걸레질 하는 것도 이틀에 한 번 정도 하지 않으면 먼지투성이가 된다. 더욱이 아저씨가 은퇴한 뒤로는 거실이 눈에 띄게 지저분해졌다. 거실에서 뒹굴뒹굴 하거나 텔레비전을 보면서 과자를 먹기 때문이다.

그날은 청소기를 돌리는 날이었다. 앞으로 남은 집안일은 일단 아침 설거지이다. 아침식사를 마치고 한가롭게 이쑤시개로 이를 쑤시는 아저씨 앞에 섰다.

"청소기 돌리기와 설거지 중 어떤 것을 할래요?"

뜬금없이 양자택일을 하게 된 아저씨는 그래도 잠깐 생각하더니 대답했다.

"설거지하는 편이…… 낫겠지?"

청소기를 돌리는 것보다는 쉬우리라고 짐작한 모양이다.

"그럼 아침 설거지 잘 부탁해요. 자, 앞치마."

60

우선은 '양자택일'부터

나는 내가 쓰는 꽃무늬 앞치마를 아저씨에게 건넸다.

"응……."

마지못해 앞치마를 두르긴 했으나 개수대 앞에서 아저씨는 당황한다.

설마 설거지하는 법을 모르는 건가? '에이 거짓말~' 하며 여고생처럼 빈정대고 싶었다. 기가 막혔지만 반성했다. 옛날에 아이한테 설거지하는 법을 가르칠 때 아저씨도 함께 가르치지 않은 내 책임이라고.

개수대 옆에 나란히 서서 식기 닦는 법을 강의한다.

"설거지통에 세제를 한두 방울 넣고 물로 희석해요. 그래요, 그렇게. 그 물에 스펀지를 적셔서 식기를 문질러요. 한 장 한 장 문지르고 헹구는 것이 아니라 한꺼번에 닦은 후 헹구는 편이 효율적이에요."

잠시 후에 가보니 여태 씻고 있다. 아침 설거지여서 그릇 수도 대단치 않건만. 그러나 어쩌겠는가. 난생 처음 하는 접시닦기인걸.

아저씨는 간신히 설거지를 마치더니 재빨리 거실 소파로 향했다.

"가스레인지 위랑 식탁 위도 꼼꼼히 닦았죠?"

아저씨는 귀찮은 듯이 행주를 가볍게 짜더니 식탁과 가스레인지 위를 쓰윽 훔쳤다. 온통 물자국 천지다.

"이런, 이런. 행주는 꼭 짜고, 힘줘서 닦아야 해요. 다시 하세요."

아저씨는 잠자코 시키는 대로 한다.

"네, 그렇게 힘 아끼지 말고 박박 닦으세요. 그리고 행주는 헹궈서 개수대 가장자리에 걸어두세요."

그리고 내친 김에 전부터 해줬으면 했던 일을 또 한 가지 분담시켰다.

"아저씨는 건강하고 시간도 남아돌죠. 내일부터 아침 설거지와 욕실 청소를 아저씨의 일로 정하겠습니다. 잘 부탁해요~"

이렇게라도 하지 않으면 나는 죽는 날까지 집안일을 혼자 도맡아서 해야 한다. 아저씨는 나의 박력에 진 건지, 반항해도 소용없다고 생각한 건지 "응……." 하고 대답했다. 그날 저녁에는 욕실 청소를 가르쳤다.

이렇게 해서 나는 아저씨의 점심에 이어서 아침식사 설거지, 욕실 청소에서도 해방되어 아침과 저녁에 심적으로 다소 여유가 생겼다.

칭찬으로 키운다

　　　　　무슨 일이든 익숙해진다는 것은
대단한 것이다. 아저씨는 일주일쯤 지나자 설거지하는 속도가
상당히 빨라졌다.

"이제는 능숙하네요. 바쁜 아침에는 얼마나 큰 도움이 되는지
몰라요."

아낌없이 칭찬했다. 바로바로 감사의 말을 건넸다.

실제로 아침부터 취재하러 나가기가 한결 수월해졌다. 다 먹
은 그릇을 개수대에 날라놓고 "뒷일 잘 부탁해요."라고 말하고
외출 준비를 하면 되었다.

64

아저씨가 오랜 세월의 습관 때문에 식사를 끝내고 아무렇지 않게 텔레비전 앞으로 가려고 하면 "앗, 아저씨 뭐 잊으신 일 없습니까?"라며 맡긴 일을 시켰다. "시간 있으니까 오늘 설거지는 내가 하지 뭐." 하고 어물쩍 넘어가지 않기로 했다. '이 일은 엄연히 아저씨 담당이야.'라고 독하게 마음먹었다.

욕실 청소도 마찬가지다. 도와줘서 고맙다고 꼭 인사했다. 마음 한구석에는 잠시 '나는 집안일 하고 아저씨에게 고맙다는 말 따위를 들어본 기억은 한 번도 없는데.'라고 억울해 하면서.

1단계로 충분하다

"우리 집은 은퇴한 뒤로 아침 설거지와 욕실 청소를 아저씨가 해."라고 하자 친구들은 "와, 대단하다!"며 아저씨를 칭찬한다.

"끼니 때마다 설거지한 식기를 닦아서 수납장에 넣는 일이 귀찮으련만."

"아니, 그런 것은 아니고 씻어서 물기 빼는 바구니에 넣는 것까지만 해."

친구들은 어이없다는 표정을 짓는다.

"뭐? 설거지만 하면 초등학생이 거들어주는 거나 매한가지잖아."

분명 그렇다. 하지만 그것으로 충분하다고 생각한다. 식구는 달랑 둘뿐이고, 하물며 아침 설거지가 물기 빼는 바구니가 넘칠 만큼 나오는 것도 아니므로 그냥 놔두면 점심 전에는 저절로 마른다. 말린 생선을 굽고, 된장국을 끓이며 내가 먹을 점심을 준비하는 동안 후닥닥 식기장에 도로 넣으면 되니까.

이렇게 말하면 내가 무척이나 관대한 마음의 소유자인 양 들리겠지만, 조금 다르다. 아저씨는 자발적으로 하는 게 아니라 내가 강제로 시켜서 아침 설거지를 한다. 가능하면 벗어나고 싶은 것이 본성인 것이다. 이런 남자에게 헹구고 물기를 닦아서 식기장에 넣는 3단계의 번거로운 일은 맞지 않는다. 맞지도 않은 일은 억지로 시켜봤자 오래 가지 못하는 법이다.

식기는 설거지만 하고, 욕실도 물청소만 할 뿐 구석구석 문지르고 반질반질하게 닦는 것은 별개이다. 초등학생도 할 수 있는 1단계 집안일이니까 거르지 않고 계속할 수 있는 것이다.

좀 더 큰일도
거들어 달래자

순조롭게 아침 설거지와 욕실 청
소가 아저씨의 일상적인 일과가 되었다. 이 일들은 익숙해지면
둘 다 3분이면 가능하다. 그래서 나는 좀 더 큰일도 거들어주길
바랐다. 환풍기를 깨끗이 청소하고, 욕실 천정과 유리창 닦는
일 등은 반년에 한 번 정도 하면 되는 일이니까.

그러나 아저씨는 아침 설거지와 욕실 청소 때처럼 쉽게 응하
지 않았다. 소파에 벌러덩 누워서 소설을 읽으며 의뭉을 떨었다.

"응? 별로 제거할 얼룩도 없고만."

소파에서 환풍기와 가스레인지의 얼룩은 보이지 않는다. 나

는 불끈 화가 치밀었다.

"가서 환풍기를 보세요! 기름이 뚝뚝 흐른다고요. 가스레인지 밑은 음식 찌꺼기랑 얼룩으로 끈적끈적하고. 욕실 천정의 검은 얼룩은 곰팡이예요. 유리창 역시 먼지가 뽀얗게 앉았고!"

내가 악을 써도 아저씨는 꿈쩍도 않았다.

"닦아도 또 금방 더러워지는걸 뭐."

분명 맞는 말이지만 그렇다고 맞장구칠 수는 없었다.

"내버려두면 얼룩 위에 얼룩이 덕지덕지 쌓여서 나중에는 닦이질 않는단 말이에요."

그래도 아저씨는 묵묵부답.

"그래요, 당신이란 사람은 자기 집에나 정원에나 일체 애착이 없군요. 알았어요!"

나는 아니꼬워서 악다구니를 퍼붓고는 한동안 말을 하지 않았다. 그래서 결국은 지금까지 해온 대로 내가 한 군데씩 시간 있을 때마다 하게 되었다.

"결국 제자리로군. 저 능구렁이 같은 인간을 어찌 당해!"

내 말을 듣고 한 부인이 웃었다.

"너무 물러요."

"제가요?"

그녀는 자신이 터득한 '남편에게 부탁한 일을 기필코 하게 만드는 비법'을 피력했다. 남편에게 이렇게 강요한다고 한다.

"이 집은 당신 명의예요. 당신 집이지 내 집이 아니라고요. 평소의 자질구레한 청소는 제가 해드릴 테니까(이 부분을 강조한단다) 큰 청소는 응당 당신이 해야죠. 오늘은 환풍기 청소를 하세요. 도구는 이것과 이것, 이것이에요!"

고무장갑, 세제, 양동이, 솔, 일회용 봉투 등을 늘어놓고 "됐죠? 이 부분은 이런 식으로 닦는 거예요."라고 청소 방법을 일러준다.

"그럼, 정원 손질과 잡초 뽑기는요?"

그녀는 또 미소를 지었다.

"같은 식입니다. '이 집은 당신 명의로 된 당신 집이지 내 집이 아니거든요. 죽는 날까지 살려면 수시로 손질해 줘야 한다고요. 그러니 내일은 가지치기를 하고 잡초를 뽑으세요!'라고 엄숙하게 명령하는 거예요."

역시 고수다.

"그런데 올 여름 남편이 '저 말이야, 내일도 무덥대…….'라며 하기 싫은 표정을 하지 뭐예요."

"그럴 때는요?"

"'그럼 새벽 4시에 일어나서 하면 덥지 않잖아요. 나중에 낮잠을 자면 되지.'라고 했더니 4시에 일어나서 했더라고요."

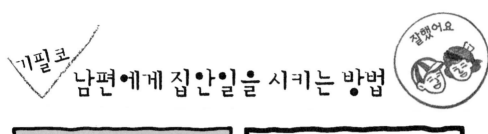

대단한 박력이다. 역시 나는 아직 멀었나. 그러나 명의 운운하면서까지 말하는 것은 왠지 내키질 않았다. 나는 지혜를 짜내서 '다른 집 남편을 칭찬하는 방법'으로 공격해 보기로 했다.

"○○씨 댁 남편은 참 부지런한 양반이에요. 은퇴한 뒤에도 아침 일찍 일어나 집 주변을 말끔히 청소하고 쓰레기를 버리고 온대요. 어디 그뿐인가. 정원에는 항상 꽃으로 가득하고, 개 산책까지 시킨다죠. 그런 남편을 둔 부인은 복도 많지. 우리 아저씨는 내일 잡초 뽑기 정도는 해줄라나……."

"○○씨의 남편은 말이죠, 마루 밑에 기어들어가서 흰개미 퇴치 소독까지 손수 한대요. ○○씨 댁의 남편은 벽지 도배도 직접 새로 하던데요. 멍하니 앉아서 텔레비전이랑 씨름하는 것을 제일 싫어한다더라고요. 뉘 집 남편도 잘할 거야. 그치요, 아저씨? 환풍기 청소는 내가 할 테니까 내일 욕실 천정을 닦으세요."

그러나 이렇게까지 말해도 아저씨는 대답하지 않았다.

"벌써 여덟 번은 족히 부탁했을 거야. 내 참 치사해서, 그렇게 싫으면 관둬요! 좋아하는 와이드쇼나 실컷 보라고요!"

내가 열 받아서 아무 말도 않자 공포를 느꼈는지 아저씨는 겨우겨우 쇳덩어리 못지않은 무거운 엉덩이를 일으켜서 떨떠름하게 욕실 천정을 닦고 잡초를 뽑으러 나갔다. 마음속으로 '잔소리쟁이 여편네!'라고 외치는 것이 역력한 언짢은 태도로.

'이번 주의 목표' 방식이
효과적이다

줄곧 '다른 집 남편 칭찬하기' 작전을 반복했으나 2년 전부터 방법을 바꿨다. 길에서 본 초등학교 아이들을 보고 먼 옛날을 추억하다가 섬광처럼 떠오른 것이다.

초등학생 시절 담임선생님이 칠판 끝에 '이번 주의 목표'를 적었지. '복도에서 뛰어다니지 말자, 하교시간을 지키자…….' 등등.

그래, 그거야! '이번 주의 목표' 방식으로 해보자.

즉시 실행에 옮겼다. 그 주의 월요일이나 화요일에 나는 초등학교 선생님처럼 명랑하고 씩씩하게 말했다.

"이번 주의 목표입니다. 정원과 담 주위의 잡초를 뽑으세요! 당장 하지 않아도 돼요. 이번 주 안으로만 하면 되니까, 잘 부탁해요!"

다음 주.

"이번 주의 목표는 '세차를 하자'입니다. 이번 주 내로만 하면 됩니다!"

그 다음 주.

"이번 주의 목표는 '욕실 천정 닦기'입니다. 잘 부탁해요!"

놀랍게도 아저씨는 이번 주의 목표를 말한(명령한) 이튿날부터는 일을 시작했다. 아마도 하기 싫은 일은 빨리 끝내고 나머지 시간은 홀가분하게 좋아하는 일을 하고 싶은 심리에 기인하는 것이리라.

나는 어림짐작으로 아저씨가 작업을 마쳤겠다 싶을 즈음에 살펴보러 나간다.

"와, 아저씨 잡초 뽑는 실력은 정말 놀랠 노자야. 안 해서 그렇지 한번 하면 정말 꼼꼼하게 잘한다니까. 나랑은 비교도 안 돼. 마당이 훤하니 기분까지 상쾌하다."

"어머, 세상에 반짝반짝 윤이 나네. 우리 차가 흰색이었군. 차도 간만에 목욕해서 개운하겠다."

"이제는 곰팡이 피지 않겠다. 욕실 천정은 의자 놓고 올라가

'이번 주의 목표' 방식

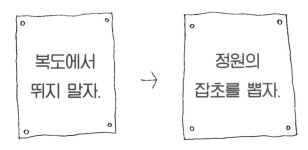

복도에서
뛰지 말자.

→

정원의
잡초를 뽑자.

...

나는
초등학생인가...

도 좀처럼 손이 닿질 않아서 도와달란 거예요."

이렇게 생각난 일은 지체 없이 말하고 아낌없이 칭찬한다. 그리고 커피와 사족을 못 쓰는 달콤한 간식으로 위로한다. 가끔 점심을 내 몫과 함께 만들어주기도 한다.

"열심히 일하셨으니까 오늘 점심은 특별 서비스해 드리겠습니다!"라고 생색내면서.

환풍기, 가스레인지 등 기름때가 끈적끈적 들러붙어서 얼룩 제거에 요령이 필요한 작업은 역시 내가 한다. 어차피 반년에 한 번 정도 하는 일이니까.

주부 자리를 빼앗기다

– 남편이 주부가 되었을 때

은퇴한 뒤에 살림 일체를 담당하는 '주부(主夫)'로 변신한 남편의 이야기를 들으면 진심으로 부러웠다.

'우리 집 아저씨가 손톱만큼이라도 본받으면 오죽이나 좋을까. 집에 돌아가면 식사 준비가 다 되어 있고, 집안도 말끔히 정리되어 있는 행운이 찾아온다면.'

그런데 간혹 이렇게 전개되는 경우도 있다.

"저는 남편이 여자라도 생겨서 집을 나갔으면 좋겠어요. 진심입니다."

그렇게 말하는 아키요 씨는 50대 중반. 10년쯤 전부터 하루에

5시간씩 사무직 아르바이트를 하러 나간다. 부부 내외와 회사원인 딸, 이렇게 세 식구가 산다. 오후 3시까지 일하고 돌아오는 길에 슈퍼마켓에 들러 저녁 찬거리를 사서 귀가한다.

아무도 없는 집. 일단은 좋아하는 커피를 타고 텔레비전을 켠 다음 잠시 쉬면서 한숨을 돌린다. 그런 다음 빨래를 거둬서 개 키고 저녁식사 준비를 시작하는, 다소 분주하지만 지극히 평범한 주부로서의 시간이다. 이윽고 남편과 딸이 돌아오면 저녁식사가 시작된다.

그런데 이 규칙적인 평온한 일상이 2년 전부터 흔들리기 시작했다. 남편이 은퇴한 것이다. 7살 연상인 남편은 우리 집 아저씨 마냥 은퇴한 뒤에 놀고먹으려는 사람은 아니었다.

아르바이트를 하러 나가기 전에 후닥닥 청소와 세탁물을 정리하는 아키요 씨에게 "됐어, 내가 할게. 두고 가."라고 말했다. 아키요 씨는 도와준다는 말에 기뻐했다. 그런데 뜻하지 않은 상황이 벌어졌다. 현역 시절에는 가끔 정원수의 가지치기나 하는 게 고작이었던 남편이 본격적으로 살림에 매진한 것이다. 아니, 살림을 자기 일로 만들어버렸다.

"남편은 꼼꼼하고 빈틈없이 일을 처리하던 현역 시절의 완벽주의를 살림에 적용했어요."

아키요 씨가 귀가하면 집안은 완벽하게 정돈되어 있었다. 욕

78

실도 이미 구석구석 청소를 마친 상태. "어머! 깨끗해."라고 솔직하게 기뻐하자 "그렇지? 당신은 무슨 일이든 건성건성 하잖아."라고 뻐기는 투로 대답했다. 이윽고 남편은 아키요 씨가 조만간 정리하려고 팽개쳐두었던 부엌 구석이나 수납장 안, 서랍 속까지 정리했다. 그날 저녁 귀가한 아키요 씨는 우쭐대며 타박하는 소리를 한도 끝도 없이 들어야 했다.

"어때, 봐봐. 이렇게 정리했어. 당신이 한 것과는 차원이 다르지."

아키요 씨는 더 이상 단순히 기뻐할 수만은 없어서 벌컥 화를 내는 일이 잦아졌다. 남편의 기고만장한 얼굴이 꼴도 보기 싫었다. 아침식사와 저녁식사 만드는 것이 집에서 하는 일의 전부가 되어버린 아키요 씨는 점차 집에 있기가 거북해졌다.

괴로운 것은 아르바이트가 쉬는 토요일과 일요일이다. 딸은 대개 놀러 나간다. 남편과 온종일 함께 있는 것은 고역이지만 주말마다 갈 곳도 없었다. 성실한 남편은 토요일, 일요일 따위는 관계없이 매일 아침 수첩에 '오늘의 계획'을 메모해서 정해진 시간에 빠짐없이 완벽하게 끝내려고 바지런히 움직였다. 살림과 집안일에서 보람을 발견한 남편은 아무데도 나가려고 하질 않았다.

"오늘은 내가 욕실 청소를 할게요."

아키요 씨가 욕실 청소를 마치면 남편이 검사한 뒤에 말한다.

"그걸 청소라고 했어? 하려거든 나처럼 꼼꼼하게나 하든가."

열이 받아서 거실에서 텔레비전을 보고 있으면 남편이 또 말한다.

"당신 말이야 집안일에서 손 떼!"

아키요 씨는 싸우고 싶지 않아서 대꾸하지 않았지만 속이 답답했다.

'청소 못해서 죽은 귀신이 붙었나. 왜 온 집안을 반질반질하게 쓸고 닦지 못해 안달이냐고.'

은퇴한 지 반년이 지난 어느 날 남편이 선언했다.

"다음 달부터 저녁도 내가 준비할게. 장 보는 것도 내가 갈 테니까 돌아오는 길에 장 보지 않아도 돼. 앞으로는 가계부도 집에 있는 내가 관리할 거야."

아키요 씨는 주부의 자리를 완전히 빼앗기고 말았다. 무슨 일이든 열성적으로 탐구하고 실행하는 완벽주의자인 남편이 어느새 요리까지 텔레비전으로 배운 것이다.

"저는 아르바이트가 끝나도 장을 보지 않아요. 돌아가서 할 일이 없어요. 하지만 들를 데도 없고……."

때로는 자신이 좋아하는 반찬이 먹고 싶어서 퇴근하는 길에 사가면 남편이 불평했다.

어느 부인의 고민

너무 열심이십니다

어머, 도와주려고요?

노두고 아르바이트 다녀와.

됐어, 청소는 내가 할게.

❶

당신은 무슨 일이든 건성건성 하잖아.

방이 말끔히 정리되어 있음.

❷

❸

앞으로 장 보는 것도 안해도 돼.

저녁 준비를 끝냈음.

❹

남편에게 주부 자리를 빼앗긴 경우

휘잉~

아내는 어떻게 하면 좋을까요···

마루바닥을 광내는 중

반짝

반짝

"내가 만든 음식이 먹기 싫은 거야?"

"남편에게 생활비를 받지 않아도 지금은 아르바이트를 하니까 용돈은 궁하지 않아요. 하지만 더 나이 들어서 일을 그만둔 뒤에는 어떻게 하죠? 용돈 들어올 곳도 없을 텐데. 이 집에는 더 이상 제가 있을 곳이 없어요. 주부 자리 꿰차고 거만 떠는 남편 시집살이 하면서 식객처럼 얹혀 사는 노후를 상상하면 우울해서 견딜 수가 없습니다……."

아키요 씨는 자신과 딸의 빨래만큼은 직접 하겠다고 내놓지 않는다고 한다.

은퇴한 남편이 집안일에 손 하나 까딱 하지 않으면 부인은 열을 받는다. 그렇다고 해서 남편이 모조리 도맡아서 하는 것도 쌍수를 들어 환영할 만한 일은 아닌 모양이다. 이래저래 어렵다.

그리고
아저씨는 변신했다

현재 아저씨는 대형 폐기물(가구, 전
자제품, 자전거) 배출(한 달에 한 번)과 신문, 잡지, 종이 상자 등의
재활용 쓰레기 배출(한 달에 한 번)도 해준다. 대형 폐기물은 일
년에 몇 번밖에 나오지 않지만 재활용 쓰레기는 매달 상당한 양
이 나온다.

"아저씨 오늘은 재활용 쓰레기를 배출하는 날이에요."라고 하
면 "그래 알았어." 하고 싹싹하게 얼른 차 뺄 준비를 한다.

음식물 쓰레기도 이따금씩 부탁한다. 세수하고 나오는 아저
씨에게 "준비 다 되었어요~" 하면 아저씨는 식사 준비라고 착

각하고 "네네, 먹으러 갑니다."라고 부엌으로 향한다.

"음식물 쓰레기 말한 건데."

"그거였어? 난 또⋯⋯."

씁쓸한 미소를 지으면서도 아저씨는 음식물 쓰레기봉투를 번쩍 들고 나간다.

"집안일을 분업하니 아침 시간을 효율적으로 활용할 수 있네요."

아침식사를 하면서 협력해 준 아저씨를 칭찬한다.

쓰레기 배출은 처음에 몇 번 집하장에 아침 산책할 겸 함께 가자고 꼬드겨서 장소를 가르쳐주었다. 내가 사는 지역은 음식물 쓰레기와 대형 폐기물, 재활용 쓰레기의 집하장이 따로따로 있다. 게다가 멀다. 아침에 내가 외출 준비로 분주할 때 "부탁해요!" 한마디면 쓰레기를 버리러 가므로 무척 든든하다.

남편이 은퇴를 앞둔 무렵은 아내도 대개 60세 전후이다. 힘쓰는 일은 부담스럽다. 남편들도 연령에 상응해서 체력이 떨어지긴 하지만 아내에 비하면 훨씬 힘이 세다. 남편이 힘쓰는 일을 거들어주거나 맡아서 해주면 정말 큰 도움이 된다. 하지만 아내가 남편보다 체력이 좋아서 힘쓰는 일에 일가견이 있다면 힘쓰는 일을 맡으면 된다. 집안일을 좋아하는 남편이라면 집안일을 맡으면 되고. 은퇴한 뒤에는 이렇게 서로의 체력에 맞춰 집안일을 분담하면 좋을 것이다.

은퇴한 뒤에는 상부상조 정신이 없으면 부부 사이가 원만할 수 없다. 건강한데도 빈둥빈둥 놀면서 집안일은 일체 분담하지 않고 무조건 아내에게 떠맡기려는 남편을 다정한 눈길로 바라볼 아내가 과연 몇이나 되겠는가.

선배 주부들로부터 아내에게는 정년퇴직이 없다는 말을 심심치 않게 듣는다. 삼시 세 끼 밥상 차리기를 포함한 일체의 집안일을 아내가 전담해야 하기 때문이다.

지금도 늦지 않았다. 집안일을 나 몰라라 하는 남편에게는 나처럼 온갖 방법을 총동원해서 집안일을 분담시켜야 한다. 자발적으로 하지는 않더라도 부탁하면 해주는 수준으로 끌어올리면 아내의 노후도 상당히 편해진다. 그러려면 아내에게도 집안일을 분담시키겠다는 강한 의지와 노력이 필요하다.

제 4 조

부부만의 단출한 생활은
불화의 화근

얼굴 마주하기는 불화의 화근이다

도쿄의 변두리에 사는 친구는 53세. 그녀의 남편은 56세로 3년 전 지방으로 전근 발령이 나서 혼자 자취생활을 하고 있다. 전근 전에는 일반적인 중장년 부부처럼 서로 공기 같은 존재였다. 그런데 멀리 떨어져 살게 된 뒤부터 달라졌다. 하루도 빠짐없이 휴대전화로 문자 메시지를 주고받는다.

"과묵한 남편이지만 문자 메시지로는 '휴일에 방에 혼자 우두커니 있으려니 외롭다. ○○공원에 여행 다녀올게.'라고 써서 보내. 그리고 도착하면 또 '맞은편에 푸른 바다가 보여. 당신에게도 보여주고 싶다.'라는 문자 메시지가 와."

친구는 행복한 듯 웃었다. 두 사람은 다정하게 버스 여행을 다니고, 사찰 순례를 한다. 그녀의 휴대전화 바탕화면은 귀여워하는 강아지에서 부부가 단둘이 찍은 사진으로 바뀌었다.

이 닭살 돋는 애정행각으로 생각해 볼 수 있는 것은, 중장년 부부일지라도 떨어져 있는 시간이 길어지면 사랑이 부활한다는 것이다. 만나지 못하는 시간이 상대방을 염려하고 그리워하는 마음을 불러일으키고, 그러다가 오랜만에 만나면 대화가 무르익는다.

하지만 은퇴한 뒤에는 남편과 떨어져 있는 시간이 거의 없다. 우리 집 아저씨처럼 '집이 최고'인 남편이라면 하루 24시간 한 지붕 아래에 있는 것이다.

2005년 일본인의 평균수명은 남성이 78.53세, 여성은 85.49세(후생노동성 발표)이다. 남편이 60세에 은퇴해서 평균수명까지 산다면 부부끼리 지내는 시간은 18.53세, 약 19년이다. 현역일 때처럼 아침에 출근해서 저녁까지 떨어져 있는 19년이 아니라 아침부터 밤까지 집안 어딘가에서 수시로 얼굴을 마주하는 19년이다. 이것은 긴 세월이다.

거실에 도사린 위기

은퇴한 남편은 우선 거실에 진을 친다. 거실은 대개 부엌과 인접해 있다. 아내가 늘 드나드는 장소이다. 그때마다 남편과 얼굴을 마주하게 된다. 어떻게 될까? 아내는 며칠 못 가서 남편 얼굴 보기가 신물이 난다. 아마도 이것은 어떤 완벽한 남편이어도 마찬가지일 것이다.

상상해 보라. 동경하던 스타가 집안 거실에 퍼질러 앉거나 벌러덩 누워서 텔레비전을 보며 꼼짝도 않는 장면을. 한 사흘만 지나면 진절머리가 나서 동경하던 마음은 사라지고 '귀신은 뭐하나 몰라. 저 화상 안 잡아가고…….' 하는 생각이 절로 들 것이다.

또한 항상 얼굴을 마주한다는 것은 남편이 아내의 일거수일
투족을 파악하고 있다는 의미이기도 하다. 24시간 내내 남편이
라는 감시카메라에 속속들이 노출되어 있는 꼴이니 감시카메라
남편이 신경 쓰여서 부엌에서 과자도 맘 놓고 못 먹는다. 벙어
리 냉가슴 앓듯 속 태우며 눈엣가시 같은 남편과 씨름하느라 나
날이 스트레스만 쌓여간다. 더욱이 노상 얼굴을 마주하다 보면
평범한 대화는 줄고 짜증은 는다.

"허구한 날 보는 텔레비전 질리지도 않나. 용하다 용해!"

"당신도 틈만 나면 차를 마시거나 주전부리하잖아."

이런 시시껄렁한 대화로 시간 낭비하고……. 좋은 것은 하나
도 없다.

우리 집 아저씨도 은퇴와 동시에 '공포의 거실남'으로 변해
버렸다. 좁은 집인지라 작업실에서 한 발자국만 나오면 공포의
거실남이 시야에 들어온다. 신물 나게 본 얼굴이 내 쪽을 본다.

'누가 저 화상하고 거실 좀 아무데나 통째로 떼매 갔으면. 이
게 다 이놈의 거실 때문이야!'라며 애먼 거실에 화풀이한다. 그
러나 거실을 없앨 수도 없는 노릇 아닌가.

남편을 '마마'로 만들어라

거실을 없앨 수는 없지만 거실에서 남편의 모습을 없애는 것은 가능하다. 남편에게 다른 방으로 옮기라고 하면 된다. 전에 아이가 쓰던 방을 활용하는 방법이다.

남편이 은퇴를 앞둔 무렵은 아이들도 독립하거나 결혼해서 빈 방이 하나쯤 있게 마련이다. 거기를 남편의 거실로 만들어주는 것이다. 선배 주부들은 이미 실천하고 있다.

"전에 아이가 쓰던 방에서 남편이 텔레비전을 보던, 컴퓨터를 하던 내 눈에는 보이지 않아요. 얼굴을 마주하는 것은 식사할 때뿐입니다."

"저희 집은 2층에 아이가 쓰던 방이 있어서 거기를 남편이 씁니다. 2층이라서 '(상감)마마'라고 부릅니다."

마마라……. 이것 멋진 아이디어인데!

나도 공포의 거실남을 2층으로 보내서 마마로 만들기로 결심했다. 이미 아저씨의 침실로 이용하고 있는 아이 방을 아저씨 전용 거실로 만들어준 것이다.

아침. 여느 때처럼 거실 소파에 기대서 텔레비전을 켜고 신문을 손에 든 아저씨에게 명령했다.

"오늘부터 책이랑 신문 읽을 때는 2층에 가줄래요? 텔레비전을 볼 때는 여기에 내려와서 보면 되고. 하지만 가급적 오전 중에는 텔레비전을 보지 않았으면 좋겠어요. 텔레비전이 켜 있으면 옆방까지 소리가 들려서 정신이 산만하거든요."

조용히 말했는데 아저씨는 "2층……."이라고 한마디 하더니 텔레비전을 껐다. 그러고는 내가 뒤에서 회초리를 들고 '얼른 올라가!'라며 내쫓기라도 한 양 신문 두 가지와 주간지를 안고 계단을 올라갔다. 너무나 간단히 공포의 거실남 문제가 해결되어서 김샜을 정도였다.

우리 집에는 텔레비전이 거실에 한 대밖에 없다. 아저씨가 마마가 되신 기념으로 2층에도 텔레비전을 사다 놓을까 생각했으나 좀 더 두고 보기로 마음을 고쳐먹었다. 거실에서조차 촌

각을 아껴서 텔레비전을 보는 아저씨다. 2층에도 텔레비전이 있으면 방에 틀어박힌 채 텔레비전에만 빠져 지낼 것이 분명하다. 정신 건강에 좋지 않다. 라디오 카세트로 충분하다고 생각하기로 했다.

이튿날부터 아저씨는 아침 설거지가 끝나면 2층으로 올라갔으나 이따금씩 잊고 거실 소파에서 신문을 펼치려고 한다.

"텔레비전 볼 거예요? 안 보려면 2층에서 읽어요."

"아, 응……."

아저씨는 항상 고분고분 말을 듣는다. 어느 날 내가 재촉해서 2층으로 종종걸음 치는 아저씨에게 말했다.

"아저씨는 참 속도 좋아. 나라면 당신이 거실에 있는 게 그리도 못마땅하냐고 대거리하겠다."

아저씨는 내 말도 맞다 싶었는지 진지하게 내 말을 따라했다.

"내가 거실에 있는 게 그리도 못마땅해?"

나는 웃는 얼굴로 씩씩하게 대답했다.

"응, 못마땅해."

아저씨는 황당하다는 표정을 지었으나 응수하지 않고 결국 계단을 올라갔다. 여담이지만 이 이야기를 친구들에게 했더니 '아저씨가 불쌍해'라며 동정표가 우르르 쏟아졌다.

이렇게 철저히 마마로 만든 덕분에 아저씨는 오전 9시가 지나

면 텔레비전을 끄고 신문, 주간지, 소설 등을 옆구리에 끼고 2층
으로 올라갔다. 그렇게 적어도 점심때까지는 아저씨와 얼굴을
마주하지 않아도 되었다. 반나절이나마 조용한 거실이 돌아오
자 나의 스트레스는 줄어들었다.

그리고 만나지 않는 시간만큼 상냥해진다. 나는 일하는 도중
에 휴식을 취할 때는 반드시 마마께도 커피와 과자를 가져다 드
린다.

제 4조

가정의 평화를 위해
외출을!

부부끼리 얼굴을 마주하는 시간
을 줄이려면 뭐니 뭐니 해도 외출이 최고! 그것도 정기적인 외
출이라면 금상첨화다. 이런 선택을 한 아내도 있다.

치히로 씨는 전업주부였다. 작년에 은퇴한 60세의 남편은 원
예나 경작이 취미. 좁은 마당의 텃밭을 일궈서 한쪽에는 채소를,
다른 한쪽에는 꽃을 심고 만족스럽게 바라본다. 대부분 마당에
서 시간을 보내지만 그래도 온종일 집안에 있는 것이나 다름이
없으므로 부부가 끊임없이 얼굴을 마주한다.

전업주부이기에 아침에 남편과 아이들이 나가면 혼자 해방감

을 만끽했던 치히로 씨. 집에만 붙어 있는 남편 때문에 그녀가 느끼는 음울한 기분은 상상 이상이었다. 하지만 남편은 더 이상 일할 마음이 없었다. 그래서 자신이 아르바이트를 하기로 결심했다.

55세인 그녀가 간신히 찾은 일자리는 음식점 종업원. 자전거로 집에서 10분 정도 거리의 시내에 있다. 시간은 오전부터 저녁까지. 서빙과 설거지가 주된 일이었는데, 두 고참 할머니의 텃세가 심했다. 익숙지 않은 일이어서 갈팡질팡하는 치히로 씨에게 손놀림이 굼뜨다, 시키는 대로 똑바로 못한다며 쥐 잡듯 했다. 스트레스가 쌓였다.

"관둘까 망설였어요. 하지만 할머니들에게 야단맞는 것과 집에서 매일 남편 얼굴 마주하는 것을 저울질했더니 아직은 아르바이트하러 나가는 편이 낫겠다 싶더라고요. 일은 머잖아 익숙해질 테니까."

남편이 나간 예도 있다.

지인의 집 근처에 사는 은퇴한 남성은 아내 대신 살림에 취미를 붙였다. 청소, 세탁, 장 보기, 이불 말리기……. 웃는 낯으로 이것저것 가리지 않고 바지런한 주부(主夫)로서의 면모를 유감없이 발휘했다. 그런데 일 년 후 그는 다시 취직했다.

그의 아내는 원래 전업주부였다고 한다. 내 추측이지만 그는

어느 쪽이 나을까?

1 은퇴한 남편과 날마다 얼굴을 마주하기가 고역이어서 아르바이트를 하기로 결심했다.

응? 남편

2 음식점 고참 할머니들 등쌀에 시달린다.

굼떠!

똑바로 못해!

죄송합니다...

3 매일 남편과 얼굴을 마주한다

아르바이트 하는 곳의 할머니들에게 야단맞는다.

머릿속 저울

4 아르바이트 가는 편이 나아!

똑바로 해!

으르렁

쨍그랑!

이거 변상해!

주부 일에 물렸던 것이 아니라 아내와 얼굴을 마주하는 것에 질린 것은 아닐까? 아니면 아내가 자신을 귀찮아하는 것을 절실히 느끼고 가정의 평화를 위해 나간 것이거나.

남편이 나간 예를 또 하나 들겠다.

사치 씨 부부는 줄곧 맞벌이를 했다. 남편은 3년 전에 은퇴했다. "그럼 앞으로 집안일은 내가 전부 책임지고 맡을게."라며 저녁식사 준비까지 했다. 그런데 작년에 사치 씨가 퇴직하기 직전에 남편이 말했다.

"나 다시 일할래."

기술을 가진 남편은 지체 없이 주 4일 근무하는 일자리를 찾았다. "좀 서글펐어요. 저랑 단둘이 집에 있기 싫은 모양이에요."라고 사치 씨는 쓸쓸하게 웃었다.

내 생각도 그렇다. 먼저 2년간 집에서 혼자만의 시간을 만끽했던 남편은 아내와 둘이서 집에 있으면 갑갑하리란 것을 예상하고 일찌감치 손을 쓴 게 아닌가 싶다.

기본은 역시
시간차 공격이다

나는 날마다, 가급적 아저씨와 얼굴
을 마주하는 시간을 줄이려는 노력을 거듭했다. 아저씨가 동창
회 등의 용무로 외출하는 날에는 외출 약속을 잡지 않았다. 또
행선지가 같아도 아저씨와 다른 시간에 나갔다. 이른바 시간차
공격형 외출이다.

아저씨와 나는 같은 스포츠센터에 일주일에 한 번 정도 가는
데, 간혹 같은 날에 갈 예정이어도 아저씨보다 일찍 가거나 혹
은 늦게 출발했다. 처음에는 트레이너가 "어째서 부부가 함께
오시지 않습니까?"라며 의아해 했다.

"집에서 늘 얼굴 맞대고 사니까 외출할 때만이라도 얼굴 보고 싶지 않아서요."라고 하자 아직 젊은 트레이너들은 '그럴 리가……' 하는 얼굴로 웃었는데, 앞으로 몇 십 년 후에는 그들도 내 말을 십분 이해할 것이다.

함께 가도 결국 다음과 같은 상황이 전개되기 십상이다. 어떤 부인은 남편이 은퇴해서 함께 근처의 스포츠센터에 다녔다. 아내는 수영 교실, 남편은 워킹과 근육 훈련을 한다. 매번 먼저 운동을 끝내고 옷을 갈아입은 남편이 수영장 입구에 찾아와서 아내를 불렀다.

"어이, 난 끝났는데. 아직 멀었어?"

그러면 아내는 얼굴을 찡그리면서 수영장에서 나왔다. 그러다가 남편의 발걸음이 뚝 끊겼다. 이유를 묻자 그 부인은 말했다.

"언제 부르러 올지 모르니 마음 놓고 수영을 할 수가 있어야죠. 그래서 남편에게 말했어요. 앞으로는 서로 가고 싶은 시간에 따로따로 가자고."

대문을 나서면 타인이 되자

저녁 산책에는 이따금씩 아저씨를 꼬드겨서 함께 간다. 아저씨에게 기분 전환을 시켜주고 싶어서다. 아저씨는 스스로 가지는 않지만 함께 가자고 하면 "응." 하고 준비한다. 그러나 대문을 나서면 씽긋 웃고 헤어진다.

"나는 이쪽 길로 갈게요, 그럼."

"그럼 나는 이쪽."

좌우로 갈라져 걸어간다. 하루는 이웃 사람이 물었다.

"댁의 부부는 참 재미있군요. 함께 산책을 나와서 왜 각자 다른 길로 가시죠?"

"은퇴한 뒤 집안에서 줄곧 붙어 있잖아요. 산책할 때만이라도 서로 얼굴 보지 말자고 합의했습니다."

더욱이 가는 길에 만나는 사람들과 말을 주고받거나 멈춰 서서 잠깐 수다를 떨면서 내 페이스대로 걸어갈 수 있기 때문이다. 산책은 혼자 하는 게 제일이다.

여행. 이것도 나는 기본적으로 친구하고만 간다. 허구한 날붙어 지내면 됐지 뭐가 애달파서 여행까지 함께 가나 싶어서다. 더욱이 친구들과 가면 여행담이 생겨서 저녁식사 때의 대화거리도 제법 풍성해진다.

한 지붕 아래서 얼굴을 마주하는 일을 최소화하려면 자주 외출하라. 단, 부부가 따로따로 나가야 한다. 가정의 평화를 유지하기 위해서라도.

함께 산책하러 나가지만

제 5 조

각방 쓰기를 추천

침실 스트레스란 뭐지?

아내가 느끼는 침실 스트레스라고 하면 물론 남편의 코 고는 소리일 것이다. 어떤 부인은 매일 밤 요 밑에 1미터짜리 대나무 자를 넣고 잔다고 한다. 한밤중에 남편의 코 고는 소리에 놀라 문득 눈을 뜨면 슬그머니 자를 꺼내서 남편의 등을 쿡쿡 찌르기 위해서다. 꼭 1미터짜리 자이어야 하는 이유는 남편의 이부자리까지의 사이가 1미터이기 때문.

"효과? 있고말고. 본인은 잠결에 깨서 어리둥절해 하지만 금세 조용해져."

또 어떤 부인은 맹수가 포효하듯 코를 고는 남편에 대한 대책으로 귀마개가 침실의 필수품이라고 한다.

은퇴 후에는 이처럼 시끄러운 코 고는 소리 이외에 종종 또 하나의 강력한 침실 스트레스가 추가된다. 남편이 거의 밤을 새 다시피 하는 것이다.

아저씨도 은퇴하자 여름방학 중인 초등학생처럼 밤늦도록 잘 생각을 안 했다. 거실에서 밤 12시까지 텔레비전을 본 뒤 이번 에는 이부자리 속에서 추리소설을 읽었다. 단잠을 청하려고 이 부자리에 들어간 나로서는 여간 곤혹스럽지 않았다. 머리맡의 전기스탠드 불빛과 책장 넘기는 소리가 거슬려서 도무지 잠을 잘 수가 없었다.

"낮에 텔레비전 보지 말고 책을 읽으면 되잖아요."

"낮에는 읽고 싶은 마음이 안 들어."

"그럼 좋아하는 거실 소파에 가서 읽던가!"

볼멘소리를 해도 꿈쩍도 하지 않았다.

"책은 이부자리에서 읽어야 제맛이거든."

"그럼 당신 맘대로 해요!"

내가 이불을 휙 뒤집어쓰고 신경질적으로 몸을 몇 번 뒤척이 면 아저씨는 마지못해 책을 덮었다. 더욱이 전기스탠드를 끄기 가 무섭게 코골이 기계로 탈바꿈했다.

밤마다 이 짓을 반복했다. 화를 내며 선잠을 잔 탓인지 꿈만

꾸고 피로가 가시질 않아 아침까지도 온몸이 찌뿌둥했다.

침실 스트레스에서 해방되려면 따로 잘 수밖에 없었다. 은퇴한 지 3개월 남짓 된 어느 날 밤 나는 이부자리에 들어가자마자 가급적 온화한 어조로 아저씨를 불렀다.

"저, 앞으로는 각자 다른 방에서 자지 않을래요?"

"뭐?"

아저씨는 엎드려서 읽던 책에 시선을 고정한 채 의외라는 듯한 소리를 냈다.

"따로 자면 범인을 알 때까지 추리소설을 읽어도 핀잔 들을 일 없고 좋잖아요."

"……."

"저 방(옛날에 아이가 썼던 맞은편 방)으로 옮기지 않을래요?"

"어째서 내가 가야 하지?"

드디어 아저씨가 대답했다.

"이 방에는 화장대랑 장롱까지 있잖아요. 아저씨가 건넌방으로 가는 편이 한결 수월해요. 코도 얼마든지 골아도 괜찮고요."

"으-응……."

아저씨는 '응'이라고 하지 않았다.

한 친구의 말이 생각났다. 그녀의 남편은 앞으로 3년 후면 은퇴를 한다. 그녀는 쉽사리 잠들지 못해 이부자리에 들어가면 조

아저씨 초등학생

책은 이부자리에서 읽어야 제맛이거든.

여름방학 버전

좀 더 놀다 자도 되죠?

뒹굴

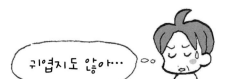

귀엽지도 않아...

용한 음악이 흐르도록 한다. 반대로 남편은 베개에 머리만 닿으면 잔다.

"나지막한 음량으로 듣는데도 가끔 눈을 번쩍 뜨고 '시끄러워. 나는 조용해야 잠이 잘 온단 말이야.'라고 짜증을 내. 내 딴에는 배려한다고 한 건데. 그래도 지금 당장 따로 자자는 말을 꺼내는 건 남편한테 너무 잔인한 듯싶어. 더 이상 남자로서의 매력을 못 느끼겠다고 선언하는 것 같잖아. 은퇴하면 그때 가서 각방을 쓸까 해."

그렇게 말했던 그녀가 얼마 전에 아연실색해서 전화를 했다.

"남편이 먼저 은퇴하면 따로 자자더라. 실례 아니니? 어찌나 서럽고 자존심이 상하던지……."

웃고 말았지만 의외로 그 제안을 받은 상대방은 약간 상처를 입을 수도 있겠다 싶기도 했다. 이제 당신에게는 더 이상 이성으로서의 관심이 없다는 말인 듯해서.

내가 몇 번인가 각방 쓰자는 이야기를 꺼냈을 때 "늙으면 밤새 안녕이라고, 위급상황이 생기면 어쩌려고?"라며 아저씨가 진지한 목소리로 말했다. 당시 아저씨 60세, 나는 54세. 건강했기에 아직은 거기까지 걱정할 것은 없다고 생각했다.

"설사 한 이불 덮고 자더라도 잠든 채 조용히 죽으면 결국 아침까지 모르잖아요."

그렇게 말해도 아저씨는 내가 각방 쓰는 건을 언급하면 묵묵부답이었다. 나는 무슨 수를 써서든 각방 쓰는 목표에 도달하고 싶었다. 그래서 열심히 방책을 찾았다.

어느 날 아저씨의 고교 동창회가 있었다. 귀가는 한밤중이나 되어야 한다. 기회가 온 것이다. 실력 행사다! 나는 아저씨의 새로운 침실에 이불 한 벌을 날라다가 곧바로 잘 수 있게 깔아 두었다. 거나하게 마시고 한밤중에 술냄새 풀풀 풍기며 알딸딸한 기분으로 돌아온 아저씨를 새 침실로 유도했다. 파자마를 건네고는 히죽 웃으며 "자, 오늘부터 여기가 아저씨의 침실입니다."라고 말한 다음 미닫이문을 닫았다. 그날 밤 나는 오랜만에 평온한 잠자리에 들었다.

이튿날 아침 내가 작업을 시작하려는 참에 일어난 아저씨는 "나 저 방에서 잔 거야?"라고 뜻밖이라는 듯이 물었다.

"기억 안 나요?"

"응."

"이제부터 저 방이 아저씨의 새로운 침실이에요. 앞으로는 밤을 새던, 탱크가 지나가듯이 코를 골던 맘대로 해요."

이제 저항해도 소용없다고 생각한 것이리라. 아저씨는 "응······." 하고 대답했다.

나는 행복한 각방 쓰기를 쟁취하고 침실 스트레스와 이별했다.

은퇴는
각방 쓰기의 시발점

내가 아는 한 은퇴한 뒤에 각방을 쓰자는 얘기는 아내들이 먼저 꺼낸다. 말을 꺼낸 그날 밤부터 실행하는 것도 특징이다.

Y시에 사는 주부도 남편이 은퇴한 뒤 몇 달 만에 각방 쓰기를 실행, 아니 강행했다.

"전형적인 직장인이었던 남편은 은퇴한 뒤 백수생활에 재미를 붙였습니다. 이부자리에 들어가서도 밤늦게까지 텔레비전을 보았어요. 텔레비전을 보지 않을 때는 라디오를 듣거나 책을 읽고요. 그 옆에서 자려니까 도무지 안정이 안 되서 잠을 잘 수가 없었어요. 남편에게 부탁하자 텔레비전 보거나 라디오 들을 때는 이어폰을 꼈지만 텔레비전 화면의 불빛 때문에 잠을 못 자기는 매한가지였죠. 잔소리하면 말다툼으로 번질까봐 몇 번 얘기하다가 말았는데, 계속해서 잠을 못 잤더니 컨디션이 엉망이 되어서 날이 갈수록 신경이 예민해지더군요. 어느 날 한밤중에 텔레비전을 보는 남편 앞에서 그만 폭발하고 말았습니다. '에잇, 난 건넌방에서 잘 테니 그리 알아요!'라고 선언하고 제 이불과 베개를 뭉쳐들고 침실에서 도망쳤어요."

남편은 놀라는 눈치였지만 아무 말도 하지 않았다. 아내의 박력에 졌을 것이다. 각방 쓰기를 강행한 뒤로 놀랍게도 그녀의 컨디션은 부쩍부쩍 좋아졌다. 남편도 혼자 자보고서야 그 안락함에 눈뜬 모양이다. 그후 "혼자 자니까 당신 어려워하지 않고 내키는 대로 할 수 있어서 편해."라며 웃는 얼굴로 말했다고 한다.

지인인 한 남성도 "은퇴하자마자 아내가 '저 오늘부터 2층에서 잘게요.' 하고는 달아났습니다. 코를 골았던 게 원인인가?" 하고 웃었다. "만류하지 않으셨어요?"라고 묻자 "본인이 그러고 싶다는데 별 수 있나요."라고 대답했다.

아마도 각방 쓰기를 결행당한 남편들의 본심은 이처럼 체념하는 것일지도 모른다.

제5조

위급상황을 위한
대비책을 마련하자

아저씨와 각방을 쓰기로 한 덕에 나는 쾌적한 수면 환경을 획득했다. 침실에서 혼자 자유로운 기분에 휩싸여서 이부자리에 들어가면 진심으로 평온을 느낀다.

'이제 아무하고도(라고 해봤자 아저씨밖에 없지만) 함께 자고 싶지 않아.'

절실히 그렇게 생각한다.

아마 그 생각은 아저씨도 같지 않을까. 그토록 떨떠름해 했던 주제에 각방 쓴 지 한 달쯤 지나서 혹시나 하고 "다시 함께 잘까요?"라고 떠보았다. 그러자 냉큼 그 자리에서 단호하게 대답했다.

"아니. 따로 자는 게 편해."

각방 쓰기의 안락함을 맛보면 더 이상 같은 침실에서 자는 생활로는 돌아갈 수 없다. 그러나 안락함 뒤에 걱정거리가 두 가지 있다.

하나는 내가 각방 쓰자는 이야기를 먼저 꺼냈을 때 아저씨가 말한 '위급상황'이다. 지금은 다행히 건강하지만 앞일을 생각해서 유사시에 상대방에게 알릴 방법을 완벽하게 준비해 두는 편이 좋다.

내가 위급상황에 대비해서 대책을 강구한 것은 은퇴하고 일년 가까이 지나서다. 계기는 남편과 방을 따로 쓰던 지인이 갑자기 죽었다는 소식을 들었기 때문이다. 아내가 일어나질 않아서 남편이 방으로 가보았더니 이미 이불 속에서 죽어 있었다고 한다. 나와 동갑이던 그 부인은 건강한 사람이었다.

'젊어도, 건강해도 무슨 일이 생길지 몰라.'

갑자기 그런 걱정이 들어서 취한 방법은 실로 간단했다. 복도 맞은편의 아저씨 침실과 내 침실 사이에 방울 달린 끈을 맨 것이다. 급작스런 발작으로 일어설 수 없는 경우라도 베개 맡의 끈 어딘가에 손을 대면 딸랑딸랑 맑고 낭랑한 방울소리가 울린다. 방울소리에 눈을 뜨고 상대방의 방에 가서 모습을 살펴본 뒤 베개 맡의 휴대전화로 구급차를 부르기로 약속했다.

그런데 한밤중에 화장실에 가려고 일어났을 때 가끔 이 끈이 발에 걸린다. 딸랑딸랑……. 그러나 숱하게 방울이 울려도 아저씨가 "뭐야, 뭐?"라든가 "무슨 일이야?"라며 일어나서 나온 적은 한 번도 없다! 복도에 새어나오는 것은 굵직한 코 고는 소리뿐. 밤을 새다시피 하니 잠들면 업어 가도 모르는 것이다.

좀 더 나이를 먹으면 방울 달린 끈을 서로의 목에 매두는 편이 나으려나. 위험할까? 장래에 어느 한쪽이 병이 들면 부득이 다시 한 침실을 쓰는 것이 인도적인 방법이리라.

각방을 쓰면
부부관계는 졸업이다

쾌적한 각방 쓰기의 또 하나의 문제
는, 아니 문제라고 해야 할지 어떨지 모르지만 '섹스리스 커플'
이 된다는 것이다. 각방 쓰기 경력 6년차인 내가 자신 있게 말
한다.

이 건에 관해서 각방을 쓰는 다른 부인들에게 단도직입적으
로 물어보았는데 다들 즉석에서 일체 안 한다고 대답했다. 그
가운데에는 남편하고만 안 한다고 농담하는 부인까지 있었을
정도다.

은퇴한 뒤에 각방 쓰자는 말을 꺼내는 아내들의 마음속에는

(나도 그랬지만) 한 방에서 잠만 잘 뿐 이제 서로에게 남자, 여자의 감정은 남아 있지 않다는 생각도 있을 것이다. 그래도 침실을 함께 쓰면 '야릇한 분위기'에 휩쓸릴 수도 있다. 그러나 각방을 쓰면 그것마저도 없으니 우리 집처럼 손가락 하나 건드리지 않고 순수하게 교제하는 부부가 되어버리기 십상이다. 그것이 외롭다거나 섹스를 하지 않는 것이 오히려 침실 스트레스가 된다는 분은 각방을 쓰지 않는 편이 나을 것이다.

이 책을 읽고 계신 분에게

 각방 쓰자는 말은

모쪼록 아내 쪽에서 먼저 꺼내세요.
레이디 퍼스트잖아요.

 호호호

제6조

남편이 바둑이화 되는 것을
경계하자!

은퇴 미아가
바둑이가 된다

갓 은퇴한 남편은 흡사 '은퇴 미아'
다. 집안에서 뭘 하면 좋을지 모른다. 외출하려 해도 갈 곳도 없
다. 허풍이 아니라 지역에서 아는 사람은 아내 한 사람뿐이다.

하긴 그것도 당연할 것이다. 지금까지 아침에 출근해서 밤에
나 귀가하고, 휴일에는 집에서 보내거나 외출해도 차로 움직였
다. 회사와 가족(그것도 주로 아내) 이외의 관계가 지극히 희박한
생활을 해왔으니 10년, 20년 같은 장소에 살아도 인근 사람의
얼굴과 이름을 일치시키지 못한다. 지역에 어떤 시설과 가게,
병원이 있는지, 지름길은 어딘지 등의 지역 정보에도 어둡다.

말 그대로 은퇴 미아다.

그렇지만 집에만 죽치고 있자니 심심해서 외출하고 싶어 몸살이 날 지경이다. 그래서 아내를 따라간다. 주인의 꽁무니를 쫓아다니는 개처럼 아내에게 찰싹 붙어서 희희낙락하며 동행한다. 남편의 바둑이화(化)이다.

다음은 한 부인의 이야기다.

"은퇴한 남편은 하루 종일 집에 있습니다. 제가 외출 준비를 시작하면 귀신같이 알고 '어디 가? 나도 갈래!' 하고는 슈퍼마켓, 우체국, 은행, 제과점, 세탁소 할 것 없이 어디든 따라옵니다. 요즘은 '나도 갈래.'라고 하면 '또 그 소리!' 하며 화를 내지만 성가시니까 따라오지 말라고 할 수도 없고……. 얼마 전에는 슈퍼마켓에서 잠깐 기다리라고 하자 어디 가냐고 묻더군요. 그래서 화장실 간다고 했더니 자기도 가겠다고 하더라고요. 이제는 정말 지긋지긋해요."

이런 바둑이도 있다. 매일 아르바이트를 마치고 돌아오는 아내를 기다리다 못해 중간까지 마중을 나온다.

"남편은 제가 돌아오는 길에 반드시 들르는 슈퍼마켓 앞에서 기다립니다. 얼마 전에 바빠서 정시에 퇴근할 수가 없었어요. 서둘러 집에 돌아가려고 회사 주차장에 갔다가 기겁했잖아요.

남편이 와 있지 뭐예요. 늦어서 와봤다나 뭐래나. 완전히 스토커예요, 스토커! 제가 아르바이트를 그만두면 온종일 껌딱지처럼 붙어 다닐 텐데……. 상상만 해도 우울합니다."

또한 이런 바둑이도 있다. 지인이 기차에서 만난 부부의 이야기다. 보는 이도 흐뭇한 금실 좋은 부부였다. 남편이 화장실에 갔을 때 지인은 부인에게 말을 붙여보았다.

"부부가 다정하게 여행하시니 좋으시겠어요."

그러자 아내가 씁쓸하게 웃었다.

"아니요. 은퇴한 뒤로 남편은 제가 곁에 없으면 언짢아합니다. 제가 혼자 외출하는 것을 질색하는 탓에 나갈 때마다 신경전을 벌이기도 지쳐서 다니던 문화센터도 그만뒀습니다. 친구들과의 여행은 언감생심 꿈도 못 꿉니다. 우리 남편은 말이죠, 혼자서는 아무데도 못 가요. 그래서 이 여행도 마지못해 함께 온 겁니다."

언뜻 화목해 보이는 은퇴 부부지만 실은 아내가 곁에 없으면 허전해서 그림자처럼 따라다녀야 안심하는 타입의 바둑이였던 것이다.

이것이 은퇴한 바둑이다!!

당신이 곁에
없으면
허전해···

어디든
따라간다!

슈퍼마켓

우체국

은행

화장실 까지!?

나도 갈래!

어디가!?
어디가!?
따라갈래!
따라갈래!
외로워!
쓸쓸해!

동창회 정도는
혼자 가게
해주어요.

바둑이의 귀감이 되다

아저씨도 예전에 전형적인 바둑
이였다. 아무리 '우리 집이 최고'라도 날마다 신문, 책, 텔레비
전만으로는 자극이 될 수 없다. 얼굴을 마주할 살아 있는 인간
이라면 신물 나게 보아온 나뿐.

내가 "오늘 장보러 갈 건데 아저씨도 갈래요?"라고 말을 마치
기도 전에 "어, 나도 갈래. 가고 말고. 마침 라면도 슬슬 떨어져
가던 참이고."라며 신나서 따라나선다.

내가 달력을 보면서 "다음 주에 당일치기로 여행이나 다녀올
까……."라고 중얼거렸더니 용케 그 소리를 듣고 "그래, 가자

가.”라며 이내 여행 갈 꿈에 부푼다. 아저씨의 ‘가자, 가자’는 ‘데려가’와 동의어다. 대단한 것은 철저히 바둑이가 되어서 고분고분 말도 잘 듣는다는 것이다.

“아침 7시에 출발할 건데 괜찮아요?”

‘좋았어!’로 시작해서 목적지에는 관심도 없다. 내 예정에 무엇 하나 이의를 제기하지도 않는다. 아니 드물게 딱 한 번 자신의 희망을 말한 적이 있었다. 우에노(도쿄) 미술관에서 전시회를 본 뒤 점심을 먹고 어디를 한 군데 더 돌아보고 갈까 궁리할 때였다.

“아사쿠사의 신사 일대를 거닐까요?”

“나는 롯본기에 가고 싶어.”

아저씨는 한적하고 호젓한 곳보다 번화하고 예쁜 언니들이 많은 장소를 더 좋아한다.

“그러면 여기서 헤어져서 자유롭게 행동해요.”

내가 제안하자 아저씨는 황급히 말을 바꿨다.

“아냐! 나도 그냥 아사쿠사에 함께 갈래. 롯본기에 꼭 가고 싶은 것도 아닌걸 뭐.”

아하하. 이것이야말로 바둑이의 귀감이로군.

그러나 아저씨는 지난 6년 동안 큰 변화를 이뤘다. 바둑이를 졸업했다고 해도 무방하다.

어디든 "다녀올게." 하고 혼자 간다. 내가 외출할 시간이 없을 때 "부탁 좀 들어줄래요?"라고 물으면 장조차 혼자 봐온다.

어떻게 해서 아저씨는 바둑이를 졸업했는가. 간단히 말하면 내가 서서히 아저씨를 떼어버렸기 때문이다.

"잠깐 쇼핑하러 갔다 올게요. 그럼 나중에 봐요."

"다음 달에 친구들과 여행 가요. 집 잘 지키고 있어요."

그것에는 다음과 같은 이유가 있다. 아저씨가 지역의 공공시설과 점포, 병원 등의 장소를 죄다 외웠기 때문이다. 더욱이 아저씨 자신이 사회복지관의 동아리 활동에 참가해서 외출 자립도가 몰라보게 향상된 까닭도 있다.

또 한 가지 제4조에서 말했다시피, 내가 외출해서까지 아저씨의 얼굴을 보는 것이 마뜩치 않았던 이유도 포함된다. 내가 따라오지 말라고 뿌리친 뒤로 아저씨는 혼자 외출하는 데 부쩍 자신감이 생겼다.

영원히 바둑이여서는
안 되는 이유

아내가 곁에 없으면 언짢아하는, 그
래서 외출하는 곳마다 그림자처럼 붙어 다니는 어리광쟁이 바
둑이.

그러나 영원히 이 상태이어서는 안 된다. 왜냐하면 혼자 되었
을 때 막막하기 때문이다. 아무리 여성의 평균수명이 남성보다
7년가량 길다지만 누가 먼저 죽을지 모르는 것이다. 내 주위에
도 아내를 앞세운 고령의 남편이 여럿 있다.

지인의 아버님도 여든 살 때 아내를 앞세워 떠나보내셨다. 부
인은 열 살이나 연하였건만. 그분은 신변의 일을 비롯해서 뭐든

손수 하는 법이 없으셨다. 부인이 소소한 것 하나까지 챙겨주며 왕처럼 떠받들어 모셨던 것이다. 오죽하면 여든 살이 될 때까지 전자레인지조차 사용해 본 적이 없어서 겁난다고 아예 만지지도 못하셨다. 다행히 자동차와 전철로 한 시간 전후의 거리에 효성 지극한 딸들이 살고 있어서 몇 년 후에 아버지가 돌아가실 때까지 번갈아 생활 전반을 돌봐드렸다.

"건강하신데도 아무것도 못 하시고 외롭다, 쓸쓸하다며 저희가 오기만을 기다리셨던 아버지를 보면서 느낀 점이 많아요. 어머니 책임도 있어요. 입안의 혀처럼 극진히 보살피실 게 아니라 아버지가 홀로 남겨지셨을 경우를 대비해서 집안일을 거들게 하셨어야 해요. 교대로 다니긴 했지만 한 번 가면 하루가 꼬박 걸리니까 자식들에게도 상당한 부담을 줬습니다."

앞일은 모른다. 바둑이인 상태로 늙으면 아내를 먼저 떠나보냈을 때 가장 곤란한 것은 남편 자신이다.

"남편이 홀로 되었을 때 혼자 그럭저럭 살아갈 수 있는 정도로는 부족합니다. 좀 더 높은 수준까지 남편의 자립 능력을 향상시켜야 합니다."

이렇게 말한 것은 H시에 사는 카요코 씨다. 그녀의 남편은 작년에 은퇴한 뒤에 다른 회사에서 근무하다가 퇴직해서 지금은 취미와 봉사활동을 즐긴다.

"저희 집은 아이들이 먼 곳에 살기도 하고, 애초에 의지할 마음은 털끝만치도 없었습니다. 남편은 현역시절부터 집안일을 비교적 잘 거들어주었으므로 대충은 할 줄 압니다. 은퇴한 후에는 '어디에 뭐가 있는지 모르면 제가 먼저 죽었을 때 곤란하잖아요.'라며 계절별로 옷 바꿔 넣는 일도 남편에게 시켰습니다. 남편이나 저나 일상생활 전반에서 자립하는 것이 목표입니다. 그래서 저도 컴퓨터랑 간단한 가전기기 수리법 등을 배우고 있습니다."

남편이 가르쳐주기 귀찮아하면 "당신이 먼저 죽으면 난처한 것은 저예요. 편히 눈 감고 싶으면 미리미리 가르쳐줘요."라며 으름장을 놓는다.

"남편이나 아내나 장래에 어느 한쪽이 홀로 되더라도 그럭저럭 사는 게 아니라 건강하고 즐겁게 살아가는 것을 목표로 해야 합니다."

지당하신 말씀이다.

아내들이여, 한사코 따라오려는 바둑이, 부인을 곁에서 놓아 주질 않는 바둑이에게 이렇게 말하자.

"저는 당신이 나중에 홀로 되더라도 홀아비 티 안 내고 건강하게 살기를 바라요. 하늘에서 풀 죽어 지내는 당신 모습을 보면 제 가슴이 얼마나 미어지겠어요. 그러니까 앞으로는 무슨 일이든 스스로 하고, 어디든 혼자 가도록 하세요."

제조

취미활동 없는 남편을
의욕적으로 만드는 필살법

취미활동 없이 못 견디는 은퇴 후 생활

은퇴한 뒤 남편들이 남아돌 만큼 손에 쥐는 것은 돈이 아니라(드물게 그런 사람도 있을지 모르지만) 자유로운 시간이다. 물론 자유를 만끽하면서 무위도식하는 길을 선택해도 좋다. 온종일 텔레비전 앞에서 뒹굴뒹굴하며 한가롭게 세월을 보내는 것도 본인의 자유다. 하지만 건강한데도 빈둥거리면서 허송세월하는 남편을 곱게 봐줄 아내가 과연 있을까. 퉁바리를 놓지 않으면 다행일 것이다. 대표적으로 나처럼, 아내들은 그다지 관대하지 않다.

대개의 아내는 적당한 시기를 봐서 남편에게 "슬슬 뭔가 시작해 보지 그래요?"라며 밖으로 나가기를 권한다. 남편 자신도 무료한 생활에 염증을 느껴서 변화에 대한 호기심이 차츰 고개를 들므로 대개는 아내의 말에 수긍한다. 대략 은퇴하고 2, 3개월 쯤부터다.

그때부터가 중요하다.

남편에게 외부로 나가서 즐기는 취미활동을 적극 추천하자. 남편이 집에서 통신 강좌를 듣고자 한다면 물론 그것도 응원하라. 아울러 "그것과는 별개로 사회복지관의 강좌도 괜찮잖아요."라며 집 밖에서 하는 활동을 적극 추천하자. 은퇴한 남편에게 부족하기 쉬운 것은 외부세계의 자극이기 때문이다.

단, 남편에게 "내가 다니는 사회복지관의 동호회와 친목회에 당신도 가입할래요? 다들 좋은 사람들이고 무척 즐거워요."라고 했다가는 곧 후회할 것이다. 왜냐하면 남편을 데리고 갔을 때부터 주변 사람들이 지금까지의 'ㅇㅇ씨(부인 개인)'와 다른 'ㅇㅇ씨 부부'라는 단위로 보기 때문이다. 더 이상 "돌아가는 길에 잠깐 차 한 잔 하고 갈까?"라거나 "지난달 개업한 그 가게 정말 싸대. 구경하러 가지 않을래?"라며 말을 걸지 않는다. 남편을 꺼리는 것이다. 자연히 아내는 남편과 둘이서 강좌를 듣고 바로 돌아오게 된다. 아내는 모처럼 취미활동을 통해 넓혔던 자신만의 세계가 두절되어버리는 것이다.

혹은 "둘이서 ○○를 시작해 볼까?" 하고 부부가 함께 입회하는 것도 그만두는 편이 좋다. 처음부터 둘이서 가면 달리 아는 사람이 없으므로 자연히 둘이서 붙어 다니게 된다. 두 사람의 세계를 즐기는 원앙 부부(처럼 보인다)에게 일부러 말을 걸거나 어딜 가자고 하지 않는 법이다.

더욱이 부부가 같은 강좌를 들으면 실력 향상이 빠른 쪽에 우월감이 생긴다. 가령 아내가 먼저 선생님에게 칭찬을 받았다고 하자. 남편은 속 좁게 꽁해 있을지도 모른다. 또한 집에서 새는 바가지 밖에서도 샌다고, 평소 버릇대로 아내에게 주책없는 말을 늘어놓기도 한다.

지인이 다니는 어느 강좌에도 은퇴한 부부가 한 쌍 있다. 집에서라면 분명 아내는 반발하겠지 싶은 말을 남편은 아무렇지도 않게 한다.

같은 강좌를 듣고 싶으면 각자 다른 교실에 가거나 요일을 바꾸는 편이 서로에게 유익할 것이라고 지인은 말했다. 찬성이다.

한 사회복지관의 댄스클럽은 부부끼리 짝을 짓는다. 가끔 작은 소리로 말다툼하며 춤추는 부부도 있다고 들었다. 역시 취미 활동은 부부가 따로따로, 같은 것을 배우더라도 함께 가지 않는 편이 가정의 평화를 지키는 길인 듯하다.

혼자 가면
친구가 생긴다

내가 가끔 가는 스포츠센터에는 은
퇴한 아저씨들도 많이 온다. 자주 얼굴을 마주치는 아저씨끼리
쉬면서 정답고 유쾌하게 얘기를 나눈다. 아저씨들은 낯익은 아
주머니들과도 가볍게 인사를 주고받는다.

"야, 오랜만입니다. 오늘도 열심히 하십시다."

고작 이 정도라도 다른 사람과 생글생글 웃으면서 대화를 주
고받으면 기분이 가벼워진다. 또한 그곳에 가는 재미로도 이어
진다.

스포츠센터에는 아무래도 은퇴한 부부도 오는데, 함께 와서

부부가 나란히 운동하고 함께 돌아가므로 아무하고도 말을 주고받지 않는다. 혼자 가야만 교류의 폭이 넓어진다.

그리고 혼자 가야 꾸준히 오래 다닌다. 둘이 가면 "나 오늘은 쉴래. 당신은 어쩔래?" "그럼 나도 쉬지 뭐." 하고 빼먹기 십상이다. 항상 부부 단위로 행동하면 서로 의지하는 버릇이 들어서 혼자 뭔가를 하기가, 혼자 어디를 가기가 귀찮아진다.

부부가 각자 다른 취미활동을 갖고, 취미활동을 통한 교류를 즐기도록 하자. 그러면 홀로 남겨졌을 경우에도 취미활동과 인간관계를 유지할 수 있다.

은퇴한 머슴이여,
경작만 해서는 환영받지 못한다

은퇴 후의 취미활동으로 머슴계를
지원하는 남편도 많다. 머슴의 본래 의미는 농가 등에 고용되어
경작하는 남자를 말한다. 하지만 내가 말하는 '은퇴한 머슴'은
은퇴 후에 취미활동으로 땅을 벗 삼아서 정원수, 채소, 꽃 등을
애지중지 기르는 남자이다.

내가 사는 지역에서도 은퇴한 머슴을 곳곳에서 볼 수 있다.
지인의 남편도 은퇴 후에 머슴계로 진출했다. 집에서 조금 떨어
진 곳에 밭을 빌어서 제철 채소와 약간의 꽃을 경작한다.

은퇴한 머슴의 특징은 수고를 아끼지 않는다는 것이다. 채소

는 무럭무럭 자라서 풍성하게 수확할 수 있다. 부럽다고 생각했었으나 부인은 이렇게 말했다.

"남편이 날마다 자전거 짐칸 가득 채소를 싣고 돌아옵니다. 신선하고 맛있지만 두 식구가 소화하기에는 너무 많은 양이어서 이웃에 나눠주고 있어요. 그런데 흙이 묻은 채로 주면 반기질 않으니 일단 전부 씻습니다. 더욱이 이웃집의 수만큼 데치고 삶아야 하므로 온종일 부엌에서 헤어나질 못해요. 워낙 품이 많이 드는 일인지라 전업주부인 저조차 내심 넌더리를 낸 적도 많습니다."

그래서 한 은퇴한 머슴은 현역에서 일하는 아내에게 타박을 들었다고 한다.

"피곤해서 돌아오면 부엌은 흙투성이고 벌레 먹은 채소가 산더미처럼 쌓여 있잖아요. 눈곱만큼도 고맙지 않아요."

T현에 사는 한 남편도 은퇴한 뒤에 취미로 채소를 경작하기 시작했다. 날씨만 좋으면 아침식사를 마치고 밭으로 출근한다. 그런데 혼자서 경작하려니 심심했던 모양인지 아내를 고압적으로 불러냈다.

"오늘은 몇 시쯤 올 거야? 10시 반쯤? 암튼 얼른 와."

하지만 아내는 가고 싶지 않다.

"내게도 그때그때 개인적인 사정이란 게 있잖아요. 그리고 그

은퇴한 머슴

본래의 머슴,
농가 등에 고용되어
경작하는 남자

은퇴 후에 취미로 땅을 벗 삼아서
정원수, 채소, 꽃 등을 애지중지 기르는 남자
by 오가와 유리

건 남편의 취미활동일 뿐이고. 그래도 가지 않으면 남편이 역정
을 내니 어쩌겠어요. 밭에 간다고 살갑게 얘기를 주고받는 것도
아니건만."

은퇴한 머슴은 아내를 밭에 끌고 가지 말고 혼자 가서 즐겨
라. 더욱이 경작하는 데 그치지 말고 씻어서, 가능하면 그 채소
들로 요리까지 해주길 바란다. 그러지 않으면 생각했던 만큼 아
내에게 환영받지 못할 것이다.

제7조

취미활동과 실익을 겸하는
머슴도 있다

능숙하게 경작해서 수확한 채소로 짭짤한 수입을 올리는 머슴도 있다. 취미활동을 겸해서 실익까지 챙기니 그야말로 일석이조인 셈이다. T현의 교외에 사는 마유코 씨의 남편은 은퇴한 지 3년이 된다.

"남편은 은퇴한 뒤에는 취미 삼아 농사 짓는 것이 꿈이었습니다. 그래서 퇴직하자마자 농사를 짓는 지인에게 밭을 빌려서 저농약 채소를 경작하기 시작했습니다. 저는 아르바이트를 하기 때문에 일체 거들지 않아요. 무, 당근, 시금치, 브로콜리, 배추, 오이, 토마토, 가지, 상추, 파, 순무, 경수채, 아스파라거스, 피

망, 감자, 양파, 콩류 등 계절마다 온갖 제철 채소를 혼자서 경작합니다. 처음에는 농가 사람에게 배워가며 했지만, 열심히 연구하는 성격이라 금세 능숙하게 경작해 내기 시작하더군요.

그런데 식구가 둘뿐이니 도저히 다 먹을 수가 없었습니다. 그러자 남편이 팔겠다고 하더군요. 거리에서 자주 보는 채소 자판기 아시죠? 바로 그 방식입니다. 저희 집은 담을 따라 바깥쪽에 화단이 있거든요. 거기 한쪽에 남편이 직접 오두막을 짓고 자판기를 설치했습니다."

훌륭했다. 가정용품 대형 할인점에서 사온 것이라는데, 코인 로커(coin-locker) 방식의 소형 물품 보관함으로 문 부분은 투명한 유리로 되어 있다. 밖에서 안의 채소가 훤히 보인다. 유리문 옆에 100엔, 200엔, 300엔이라고 가격이 적혀 있다. 100엔짜리 감자를 사려면 100엔짜리 동전을 넣어야 문이 열리므로 무인 판매방식이어도 몰래 갖고 갈 수는 없다. 오두막 옆에는 '신선한 채소'라는 깃발까지 세워져 있다.

"처음에는 팔릴까 걱정했습니다. 그랬는데 아침에 산책하는 사람들이 싱싱하고 싸다면서 곧잘 사가나 보더라고요. 남자라는 인간은 평가받는 것에 연연하잖아요. 팔리는 것이 곧 평가를 받는 것이니까요. 한층 용기를 얻은 남편은 여름은 오전 4시 반, 겨울철이라도 5시에는 일어나서 밭에 나갑니다. 그리고 수확한 채소를 씻어서 다발로 묶고 작은 비닐 봉투에 넣습니다.

팔다 남은 채소를 처리하는 대책으로 오골계(닭의 일종)도 기르기 시작했습니다. 채소 잎을 잘게 썰어서 먹이에 섞어 줍니다. 점심은 직접 차려 먹고, 아울러 채소를 이용한 반찬까지 항상 두 가지 정도 만들어 두니 살림에도 많은 보탬이 됩니다."

이토록 유능한 머슴이라면 아내는 아낌없는 박수를 보낼 따름이다.

춤추는 은퇴남으로
변신하다

취미활동이 은퇴 후의 삶을 빛낸
다. 그 실례로써 가장 소개하고 싶은 것은 다름 아닌 우리 집 아
저씨다.

자기 방에서 신문과 책을 읽고, 혼자 장기나 바둑을 두며, 각
종 퍼즐을 풀거나 혼자 가정용 노래방 기기의 반주에 맞춰 노래
를 한다. 거실에서는 소파에 엎드려서 텔레비전을 본다. 이따금
씩 도서관에 가고 간혹 개 산책도 시킨다.

타인과의 교류가 전무하다고 해도 좋을 만큼 무기력하게 세
월을 보내는 아저씨를 보고 '저러다 치매가 오는 것은 아닐까'

싶어서 불안했다. 이변이 일어난 것은 은퇴하고 2개월 남짓 지난 어느 날 저녁이었다.

저녁식사를 하기 전 여느 때 같으면 소파에 기대서 텔레비전을 볼 아저씨가 화장실에서 바스락거렸다. 헤어드라이어 소리가 나더니 면도까지 한 말끔한 차림이었다. '어째서 이 시간에?' 하고 생각하는데 이번에는 거실에서 손톱을 깎기 시작했다.

"어디 가요?"

아저씨는 무심하게 대답했다.

"오늘부터 사회복지관의 초급 댄스 교실에 가기로 했거든."

댄스? 저 배불뚝이 아저씨가? 사교에는 젬병인 아저씨가 그 화려한 사교 댄스를 춘다고?

아마도 나는 그때 어안이 벙벙한 얼굴이었을 것이다. 그만큼 아저씨와 댄스는 연결이 되지 않았던 것이다. 결혼한 뒤부터 은퇴할 때까지 아저씨는 댄스의 'ㄷ' 자도 입 밖에 꺼낸 적이 없었고, 흥미 있는 기색조차 비치지 않았기 때문이다.

"아저씨가 사교 댄스를 배운다고?"

"응."

이미 등록도 마쳤다고 했다. 아저씨는 허둥지둥 저녁밥을 먹더니 또 화장실로 달려갔다. 양치질을 하는 모양이다. 이윽고 외출복으로 갈아입은 아저씨는 등을 반듯이 펴고 "그럼 다녀올게." 하고 힘차게 걸어 나갔다. 은퇴한 뒤로 처음 보는 긴장감이 감도는 모습. 나는 그저 맥주컵을 손에 들고 "설마 아저씨가 사교 댄스를 배울 줄이야……"라고 혼자 중얼거렸다.

나중에 물어보니 아저씨의 학창시절(1955년 후반)은 댄스홀 전성시대여서 친구들과 곧잘 춤을 추러 갔었다고 한다. 원래 춤을 좋아했던 것이다. 아저씨는 분명 인생 예정표에 은퇴한 뒤에는 춤을 추겠다고 몰래 적어놓았을 것이다. 직전까지 말하지 않은 것은 필시 내가 반대하리라 생각해서겠지. 뜻밖이었다.

그러나 아내가 반대할지도 모른다는 아저씨의 염려는 전혀 틀린 짐작은 아니다. 친구와 지인들 중에는 의외로 댄스 반대파가 많다.

"뭘 믿고 가게 됐니? 나는 춤만큼은 반대야."

"다른 여자와 몸을 맞대거나 손을 잡는 취미활동은 절대 못 시켜!"

어떤 부인은 남편이 댄스 학원을 매우 신나게 다니기에 멋대로 오해하고, 남편을 감시하기 위해 자신도 같은 동호회에 들어갔다고 한다. 이런 목적으로 뭔가를 시작한다면 너무 공허하지 않은가. 남편도 필시 갑갑할 것이다.

아내들이여, 부디 남편의 취미활동을 방해하지 말기를.

춤추는 은퇴남

덩실덩실

말쑥한 차림

남편의
Shall We 댄스

남편의 취미활동을 응원하자

아저씨는 댄스 강좌에 다니고부터 표정이 밝아졌다. 반가운 일이었다. 몇 달 후 "일주일에 한 번으로는 실력이 늘지 않아서 ○○사회복지관도 다니기로 했어."라고 했다. 다시 얼마 후 "나이 탓인가. 머리가 녹슬었는지 옛날 같지가 않네. 일주일에 두 번 나가서는 도무지 스텝을 외울 수가 없어서 이번 주부터 ○○사회복지관의 댄스클럽에 다니기로 했어."라고 했다. 반년도 지나기 전에 일주일에 3번이나 간다.

각 클럽에서는 매년 친목 댄스파티, 교류 파티, 발표회, 온천과 댄스를 겸한 1박 2일 여행 같은 행사도 연다. 아저씨는 전부

출석한다. 연말에는 댄스 송년회가 줄줄이 있어서 월요일부터 일요일까지 '댄스, 댄스, 댄스' 실로 춤바람난 은퇴남이다.

댄스로 횡적인 교류가 넓어진 아저씨는 생활방식이 적극적으로 바뀌었다. 자연에는 매우 무관심한데도 불구하고, 다니던 회사의 OB멤버들의 권유를 받자마자 산악회에도 가입했다.

그런데 아저씨는 결코 내게 춤을 배우라고 권하지 않는다. 자신만의 취미 세계에서 유유히 즐기고 싶은 것이리라. 더욱이 아내가 있으면 다른 아주머니들에게 스타일 구기기 십상이다.

다행히 나 역시 아저씨와 온종일 얼굴 맞대고 사는 것도 모자라 손을 맞잡고 춤까지 추고 싶은 생각은 없다. 더욱이 춤을 구경하는 것은 좋아하지만 직접 추는 것은 사양이다.

어느 날 밤 아저씨가 댄스 강좌에 간 사이에 시동생으로부터 전화가 왔다. 집에 돌아와서 통화한 뒤 아저씨가 내게 물었다.

"내가 사교 댄스 배우러 다니는 것 말했어?"

"네. 그게 어때서요?"

"……."

"어머, 아저씨는 댄스 강좌에 다니는 것이 부끄러워요? 집안 사람에게 숨기고 싶어요?"

"아니 별로……."

"그럼 누구에게나 취미활동으로 추는 사교 댄스가 삶의 낙이라고 당당히 말해요. 그리고 이런 식으로(까치발로 서서 새끼손가락을 꼿꼿이 세운 손을 내밀고 비틀비틀 한 바퀴 돌아서) 시범을 보이고 '○○씨도 시작해 보시지 않겠습니까?'라고 권하는 정도는 해야지~"

나의 격려에 아저씨는 멋쩍게 웃으면서 "응." 하고 대답했다. 이후로 턴까지는 하지 않아도 사교 댄스를 배우냐고 물으면 "네, 젊어지는 기분입니다. 함께 배우시겠습니까?"라고 자신 있게 말한다.

아내들이여, 남편의 취미활동을 응원하자. 생기 넘치는 남편을 보면 기쁘지 않은가? 그리고 자신도 취미활동을 즐기자. 남편 역시 생동감 넘치는 아내를 보는 것은 기쁠 테니까.

아내의 취미도 알아둬요!

제8조

두 달에 한 번은
단둘이 외출하라

함께 놀 시간을 만들어라

은퇴한 뒤에 부부가 평온하게 지내는 비결은 얼굴 맞대고 찰싹 붙어 있지 않는 것이다. 그러려면 누차 이야기했다시피 각자 다른 취미활동을 갖고 가급적 따로 외출해야 한다는 것이 나의 체험에서 얻은 지론이다.

그러나 항상 따로따로 시간을 보내면 머지않아 마음까지 엇갈리고 만다. 따로 보내기도 하고 함께하는 시간도 갖는 유연성을 발휘해야 한다. 때로는 부부로서의 친목을 다지는 시간이 필요한 것이다. 바로 공동의 놀이 시간이다. 함께 배우는 시간도 좋지만, 친목을 다지기에는 역시 놀이 계통의 취미활동이 훨씬 편하고 좋은 것 같다.

우리 집에서는 둘이서 영화를 보러 간다. 저녁식사 때 신문이나 잡지에서 화제가 된 영화 이야기를 하다가 "다음 주에 보러 갈까?" "그래, 가자!" 하는 식이다. 지금 내가 사는 지역에서는 '부부 50 할인'이라고 해서 어느 한쪽이 50세 이상인 부부라면 언제든 둘이서 2천 엔으로 관람할 수 있다. 고마운 서비스다.

한번은 이런 일도 있었다. "부부 50 할인으로 부탁합니다."라고 하자 매표소의 언니가 "이번에 상영하는 영화의 커플석은 이미 매진되었습니다." 하고 미안한 얼굴을 했다. 나는 "1인석이라면 있습니까? 뚝 떨어진 자리라도 상관없으니 아무 자리나 주세요."라고 말해 표를 사서 아저씨에게 건넸다.

"자요, 따로따로 앉아서 봐야 해요."

"응."

아무 지장 없었다. 어차피 상영 중에는 잠자코 감상만 할 테고, 젊은 커플처럼 어둠 속에서 몰래 손을 잡거나 할 것도 아니니까.

그렇다고 영화를 관람한 뒤에는 "와~ 싸게 관람해서 돈 벌었다. 어머! 벌써 5시잖아. 자, 얼른 돌아가요."라며 현실 노선을 택하지는 않는다.

"잠깐 걸어서 찻집에서 차 마시고 가요. 케이크도 먹고 싶고."

이런 식으로 영화의 여운을 즐기는 데이트 노선을 택한다. 그리고 저녁식사를 사서 집에 간다. 아니면 아예 저녁까지 마치고 가는 날도 있다. 집에 가서 또다시 밥하고, 반찬 만들 생각을 하면 모처럼 일상에서 벗어나 만끽했던 해방감이 반감되기 때문이다.

은퇴한 남편을 둔 어느 부인이 "저와 남편은 결혼 초부터 줄곧 모자 관계입니다. 가끔은 연인 사이가 되고 싶은데……."라며 진지하게 말했다.

뭐 연인 사이는 무리여도 우리 집처럼 한두 달에 한 번 영화를 보고 반나절을 함께 보내면 교제하는 남녀 정도의 기분은 든다. 꼭 영화가 아니어도 된다. 외출하는 거라면 뭐든 좋다.

어떤 부부는 따뜻한 계절에는 등산 데이트를 한다.

"산이라고 해봤자 낮은 산입니다. 당일 아침에는 남편이 간단한 도시락과 차 등을 준비합니다. 한 시간 정도 등산한 뒤 정담을 주고받으면서 둘이서 오붓하게 먹습니다. 유쾌한 한때입니다. 제가 도시락을 싸야 한다면 가기 싫지만."

바쁜 아침에 점심 도시락까지 쌀 생각을 하면 외출도 귀찮아진다. 부부 동반으로 외출할 때는 도시락을 사먹거나 외식을 하면 데이트하는 기분이 각별해진다.

상대방의 청을
거절하지 않는다

우리 집은 노래방 데이트도 한다. 아저씨가 "이번 주쯤 갈까?"라고 하면 나는 원고 마감일이 코앞에 닥치지 않은 한 "좋아요. 실컷 부르고 옵시다!"라고 응한다. 걸어서 10분 거리에 큰 노래방이 있다.

둘이서 노래방에 가면 꽤나 바쁘다. 먹고 마시며 선곡하고 귀로는 상대방의 노래를 듣고 끝나면 박수를 친다(이것은 노래방 예절이다). 곧바로 내가 선곡한 노래를 목청껏 부른다. 이렇게 두세 시간 반복하면 땀이 난다.

가끔은 한 동네에 사는 친구 부부를 불러내서 넷이 간다. 넷이

가면 틈틈이 수다 떨 짬이 생기므로 노래하는 작은 파티처럼 된다. 둘만의 노래방 데이트와는 또 다른 즐거움이 있다.

노래방에 가지 않고 집에서 가정용 노래방 기기로 즐기는 부부도 있다.

"저희 집은 교외에 있어서 노래방이 멉니다. 그래서 가정용 노래방 기기를 장만했어요. 마이크를 텔레비전에 연결하기만 하면 되므로 간단합니다. 집안의 덧문을 닫고 거실에서 아내와 둘이서 노래합니다. 몇 시간을 불러도 공짜니까 경제적입니다."

나이를 먹을수록 밤 외출이 내키지 않는다. 거실에 발판을 놓고 작은 무대를 만든 다음 술 한 잔 하면서 즐기는 '가정 노래방'도 적극 추천한다.

나는 지역 축제나 마라톤 대회처럼 혼자 가기 뭣한 행사에도 아저씨를 불러내서 함께 간다.

'엇갈리기는 기본이고, 가끔 둘이서 논다.'

이것이 은퇴한 뒤에 부부가 사는 요령이다. 아울러 아저씨와의 친목을 다지는 시간에 드는 비용은 교통비까지 포함해서 전부 내가 가계비에서 지불한다. 두 사람의 오락비이기 때문이다. 아니 정신위생비인가?

또 상대방이 청하면 거절하지 않는 것이 좋다. "이번에 어디어디 가지 않을래?"라고 하는 것은 '당신과 친목을 다지는 시

부부가 함께
쿵짝 쿵짝 쿵짜짝 쿵짝 ♬

가정용 노래방 기기

둘이서   넷이서도

간을 갖고 싶어'라는 남편의 의사 표시다. 만일 영화가 싫으면 "나는 콘서트가 더 좋은데."라며 대안을 내서 꼭 함께 가도록 하자.

부인이 청했는데 남편이 가기 싫다고 대답했을 때는 애교 섞인 으름장을 놓자.

"에잇, 그 무슨 섭섭한 말씀을! 난 당신과 둘이서 가고 싶단 말이야. 좋아, 까짓 거 인심 썼다. 당신은 어디 가고 싶은데? 말해 봐. 맞춰줄게."

그래도 거절한다면 막판에는 별거를 생각해도 좋을지 모른다!?

손자를 사이에 두고
부부가 함께 논다

"은퇴한 부부의 생활이란 조용하
다면 조용하지만 언제나 같은 공기가 정체되어 있는 느낌이야.
활기가 없어. 공통 화제도 거의 없고……."

한숨 섞인 말투로 말하던 친구 집의 양상이 변했다고 한다.
딸이 결혼하고 작년에 첫 손자가 태어난 것이다. 더욱이 딸네
집이 차로 10분 거리. 딸은 일주일의 반은 오후부터 아기를 데
리고 친정에 놀러 온다. 놀러 온다기보다는 시집간 여느 집 딸
들처럼 친정에 빈대 붙으러 오는 것이다.

"으응, 그래도 좋아. 눈에 넣어도 안 아픈 손자이니 무슨 짓을

해도 귀여워. 대화거리도 없었던 우리 부부가 손자를 안거나 달래면서 '앗, 웃었다.' '날 보고 있어.'라고 대화를 주고받으며 그 녀석 재롱 보는 재미에 시간 가는 줄을 모른다니까. 손자 덕택에 밝은 분위기가 되살아났어!"

잘 안다. 우리 집도 일 년에 몇 번이지만 딸이 어린 손자를 데리고 오면 침체되었던 공기가 단번에 다시 흐르는 듯한 느낌이 든다.

"딸네가 디지털 카메라로 손자 사진을 잔뜩 찍어서 나눠줘. 손자가 오지 않는 날에는 그 사진을 보면서 남편과 얘기하지. 손자는 귀중한 공통 화제야. 와서 즐겁게 해주고, 오지 않는 날도 즐겁게 하지. 최근에는 손자와 놀면서 우리 두 내외가 동요까지 부른다니까. 부부가 단둘이 생활한다면 상상도 못할 일이잖아. 이게 다 손자 덕분이야."

이런 식으로 손자를 사이에 두고 부부가 함께 노는 방법도 있다. 그러나 손자는 기간이 한정된 보물이다. 금세 성장한다.

"유치원에 들어가더니 바쁘고 피곤해서 이제는 가뭄에 콩 나듯이 와. 초등학생이 되면 이것저것 배우느라 학원에 다니기 시작할 테고, 할머니 할아버지보다는 친구들을 훨씬 좋아해서 점점 더 오길 꺼려하겠지. 아이 봐준 공은 없다더니만……."

누구나 이구동성으로 말한다. 어떤 사람은 쓸쓸하게 웃으며 말했다.

"지금 손자는 다섯 살입니다. 전화하면 텔레비전에서 하는 만화영화를 보느라 '지금 바빠!' 한마디로 끝이에요. 앞으로 손자라면 껌뻑 죽는 바보짓 졸업하고 남편과 함께할 놀이를 찾아야겠어요."

애완동물도
부부의 대화를 늘린다

은퇴한 뒤 부부에게 공통 화제와 밝은 분위기를 가져다주는 존재로 치면 애완동물도 마찬가지다. 더욱이 애완동물은 유치원에도 가지 않으니 죽는 날까지 줄곧 부부 공통의 놀이 상대나 화제이다.

"저희 집은 손자도 없잖아요. 쓸쓸해서 다시 개를 기르기로 했어요."

얼마 전 길에서 우연히 지인을 만났는데 무심코 안아주고 싶을 만큼 귀여운 강아지를 데리고 있었다.

"솔직히 말해서 남편과는 대화다운 대화가 아예 없었어요. 그런데 타로(강아지 이름)가 오고 이러니저러니 이야기를 주고받게 되었습니다."

'다행이네요.'라고 생각하며 나는 마음속으로 중얼거렸다.

'아침저녁으로 번갈아 개를 산책시키러 나가면 부부가 얼굴 부딪칠 시간도 줄어들기 마련이죠.'

개가 아니어도 고양이든 새든, 애완동물은 부부간의 대화를 늘려준다. 몇 년 전까지만 해도 우리 집에 15년간 키운 개가 있었다. 은퇴한 아저씨와 냉전 중이어도 녀석이 비실비실 하면 "왜 그러지? 계속 이 모양이네……"라고 의논하거나 "동물병원에 데려가야겠어요. 내가 개를 안을 테니 아저씨가 운전해요."라며 자연스럽게 화해하는 계기를 만들어주었다.

"우리 집은 지금 간호가 필요한 개가 있어서 남편과 곧잘 얘기를 나눕니다. 하루 종일 개에 관한 얘기만 했다 싶은 날도 많아요. 호호호. 서로 엉거주춤한 자세로 개를 안으면 허리 다치지 않게 조심하라고 서로 위로도 하고. 부부의 접착제인 셈이죠."

이렇게 말하는 부인도 있다.

단, 애완동물을 기르는 순간부터 이웃과의 문제도 각오해야 한다.

"저희 아들은 야간 근무가 있어서 낮에 잘 때도 많습니다. 개

짖는 소리가 요란해서 잠을 못 자니 어떻게든 해주세요."

"댁의 고양이가 자꾸 저희 집 정원에 와서 꽃눈을 밟고, 똥오줌을 싸서 미치겠어요. 고양이 단속 좀 잘하세요."

"새장을 창밖에 내놓지 마세요. 짹짹 울어대는 통에 정신 사나워서 죽겠다고요."

지인들이 받은 불만이다. 애완동물은 결코 밝은 면만 있지는 않다.

부부끼리 오래도록 오붓하게 즐길거리를 찾기란 의외로 난제인지도 모른다. 부부끼리 이것을 주제로 상의해 보면 어떨까?

제9조

병이 났을 때일수록
위로가 부족하지 않게

스트레스 퇴치가
건강 관리의 포인트

"우리 집은 서로 공기 같은 존재니까."

대화할 적마다 내가 이렇게 말하니 한 지인이 대꾸했다.

"그 정도면 훌륭해."

훌륭하다고?

"응, 공기는 산소. 건강에 좋잖아. 우리 집은 뭐랄까…… 이산화탄소? 그래, 탄산가스 부부야! 둘이 있으면 집안 공기가 탁해져서 숨이 막혀."

무심코 웃었지만 분위기는 익히 짐작이 갔다.

은퇴한 뒤에는 남편이나 아내나 집안에서 얼마나 유쾌하게 보내는가가 정신 건강을 유지하는 열쇠이다. 특히 아내는 남편이 집에서 버티고 있는 시간이 길면 길수록 답답해서 스트레스가 쌓인다. 이 스트레스를 어떻게 퇴치하는가가 은퇴한 남편을 둔 아내의 최대 건강 관리라고 해도 무방할 정도다.

나 역시 아저씨가 은퇴한 뒤 허구한 날 집에서 빈둥대는 꼬락서니를 보면서 짜증이 많이 났다. 날이 갈수록 짜증은 쌓여가고, 이윽고 위에 신호가 오더니 묵지근한 통증으로 이어졌다. 병원에 갔더니 의사가 맨 처음 질문한 것은 역시 "요즘 극심하게 스트레스 받으시는 일 있습니까?"였다. 민망해서 "아니요, 특별히 그런 일은 없습니다……."라고 대답하고 말았지만 지금은 그렇게 대답한 것을 후회한다. 차라리 그때 은퇴한 남편이 하는 일 없이 집에만 틀어박혀 지내서 속상해 죽겠다고 정직하게 말하고 의사의 조언을 들어볼 걸 하고.

그러나 현재는 지금까지 이야기한 것과 이후에 이야기할 것을 실천한 덕택에 당시와 같은 답답함은 완전히 사라졌다. 그럭저럭 유쾌하게 지낸다. 아마 아저씨도 그럴 것이다.

낮에는 시간과 공간을 나눠서
유쾌하게

은퇴한 뒤 부부가 유쾌하게 보내는
방법을 한 부인은 이렇게 말한다.

"뭐니 뭐니 해도 낮에는 시간과 공간을 나눠서 생활하는 것이
죠. 저희 집은 남편이 퇴직하자마자 곧바로 빈 방을 ─ 빈 방이
랬자 예전에 아이들이 쓰던 방 두 개밖에 없지만 ─ 각자의 취
미활동 공간으로 개조했습니다. 음악을 좋아하는 남편은 오디
오 세트를 들여놓고 염원하던 '음악실'로, 저는 전부터 배우던
다도와 습자를 배우는 방으로 만들었어요. 그 방을 선생님과 친
구들에게 제공하고 함께 다도와 습자를 익힙니다. 수업을 마친

뒤에는 티타임을 갖고 수다를 떨 수도 있어요.

평소에 친구가 와도 이 방으로 직행합니다. 남편이 집에 있으면 친구들이 오길 꺼려서 아무도 발걸음을 않는다는 얘기를 곧잘 듣습니다만 저희 집은 상관없습니다. 남편의 친구도 은퇴하면 우리 집을 흉내 내야겠다고 하더군요."

K현에서 찻집을 경영하는 한 부인도 낮에는 남편과 완전히 다른 시간과 공간에서 생활한다.

"가게는 차로 20분도 채 안 되는 곳인데 아침 서비스를 준비해야 해서 매일 오전 6시가 지나면 집을 나섭니다. 귀가는 대개 오후 7시 지나서. 남편은 은퇴한 지 4년째인데 낮에는 혼자 내키는 대로 시간을 보냅니다. 제가 약간 늦게 귀가해도 혼자 텔레비전을 보면서 느긋하게 식사 준비를 기다립니다.

얼마 전에 '저도 예순이 되면 은퇴하고 당신과 함께 한가로이 여행이나 다닐까요?' 하고 떠보았습니다. 남편이 찬성하면 과감히 가게를 정리하고 둘이서 온천이나 다니는 것도 괜찮겠다고 진심으로 생각했거든요. 그런데 남편이 진지한 얼굴로 제게 애원하더라고요. '가게를 계속해! 당신은 아주 건강하니까 최소한 앞으로 5년은 끄떡없어. 나는 쓸쓸하지 않아. 말동무? 뒷밭에 가지랑 호박 있잖아. 그것들이면 충분해. 부탁인데 제발 가게 관두지 마.'

아침과 밤에만 아내와 얼굴을 마주하는 생활. 이것이 남편에게 최고의 정신 건강법인 거죠. 이해는 하지만 왠지 마음이 착잡합니다."

자식세대와의
동거 스트레스

　　그러나 시간과 공간을 나눠서 생활
하는 것도 부부 사이에야 통하지, 자식과 같이 살면 여의치 않
다는 이야기를 곧잘 듣는다. 아들 부부, 딸 부부와 함께 사는 스
트레스가 이만저만이 아니라는 것이다.

　S현에 사는 한 부부는 은퇴하고 몇 년 지나서 인근에 사는 딸
부부와 함께 살기로 했다.

　"딸네가 집을 2세대 주택으로 새로 지어서 함께 살자고 했습
니다. 환경이 좋은 데다 역도 가까워서 편리한 곳이에요. 아내
도 결심했습니다."

비용까지는 듣지 못했지만 아마 일반적으로 그러하듯이 절반쯤 부담하지 않았을까 싶다. 부부는 새 집에 어울리게 가구도 새것으로 바꿨다. 그리고 희색이 가득한 얼굴로 이사했다.

그런데 3개월도 지나기 전에 그 부부는 새로 산 가구와 함께 예전 집으로 돌아왔다. 근처에 친구가 없어서 적적해서 그랬다는데 그것은 짐작했던 것이고, 사실은 동거 스트레스 때문일 것이라는 소문이다.

이 부부는 돌아갈 집이 있었으니 그나마 다행이었다. 죄다 처분해서 함께 살 경우는 아무리 스트레스가 쌓여도 참을 수밖에 없다.

한 은퇴 부부가 멀리 떨어진 지방에 사는 외아들의 제안으로 함께 살기로 결정한 것은 2년 전이다. 맞벌이를 해서 아이를 보육원에 데리고 다니는 것이 큰 문제이다, 2층 전체를 내어드릴 테니 오셔서 도와주십사 했단다. 금쪽같은 외아들 곁에서 귀여운 손자와 함께 사는 것이다. 지금까지 아들 부부와는 기껏해야 일 년에 한두 번 만났지만 망설이지 않고 결심했다. 아들 내외가 지금의 집을 살 때 남편 퇴직금에서 뭉칫돈을 빼서 자금을 원조해 주었으니 눈치 보며 살지는 않겠지 생각했다.

부부는 살던 낡은 맨션을 팔고 친구 하나 없는 지방으로 이사했다. 그런데 의외로 사이가 나쁜 것은 시어머니와 며느리가 아니라 시아버지와 며느리였다.

"남편은 뚱한 편이라 며느리와 오순도순 정겹게 대화할 줄을 모릅니다. 더욱이 연륜이나 미신에 연연하므로 '오늘은 일진이 나쁘니까 축하는 다른 날 하렴. 아이에게 검은 옷은 좋지 않아.' 라며 꼬장꼬장하게 잔소리를 해댑니다. 그러면 며느리는 그저 잠자코 희미하게 웃습니다. 남편은 그것도 마음에 들지 않는 모양이에요. 아마 미운 털이 박혀서겠죠. 이제는 며느리가 밤에 목욕하지 않고 아침에 샤워만 하는 것까지 불평합니다."

우거지상을 하고 사사건건 트집을 잡아도 며느리는 못 들은 척했다. 두 사람 사이에는 늘 무겁고 냉랭한 공기가 흘러서 부인은 살얼음판을 걷는 듯 조마조마했다.

낯선 지역에서는 기분 전환하러 갈 곳도 없었다. 남편은 우울증에 걸려 입원과 퇴원을 반복했다. 손자는 초등학생이 되어 이제 손이 많이 가지도 않는다. 보육원에 데리고 다니는 일이 없어지고 보니 묘하게 주눅이 들었다. 그러나 부부에게 돌아갈 집은 없다.

"며느리와는 앙숙이고, 병치레도 잦은 남편을 남겨두고 내가 먼저 눈감으면 금쪽같은 아들 일가는 바람 잘 날이 없겠죠. 내가 하루라도 더 오래 살지 않으면 아들의 가정은 깨지고 말 거예요."

부인은 약간이라도 컨디션이 나쁘면 즉시 병원에 가서 다양한 검사를 받고 건강을 체크한다. 한편 남편에게는 상냥하게 이렇게 권한단다.

"참아서 스트레스가 쌓이면 몸에 해로워요. 담배도 실컷 피우고, 술도 마음껏 드세요."

은퇴한 뒤 2세대가 한 집에서 잘 지내는 예도 많을 테지만 들리는 것은 스트레스 쌓이겠다, 그러다 병들겠다 싶은 슬픈 사연이 대부분이다.

위로가 부족하면
후환이 두렵다

누구나 컨디션이 나빠서 병이 났을 때는 불안하다. 그런 때일수록 배려하고 위로해 주길 바란다. 다행히 나는 건강해서 작년 여름에 검사 차 입원한 것 말고는 몸져눕는 일 한 번 없이 오랜 세월 잘 살아왔다. 그러나 몸져눕는 지경까지는 아니어도 감기에 걸리거나, 두통이 생겨서 컨디션이 신통치 않을 때도 가끔 있다.

"온몸에 열이 나고 몸이 천근이야……."

내가 그렇게 말하면 아저씨는 이렇게 말한다.

"저녁밥 간단히 먹고 일찌감치 푹 자면 나을 거야."

본인 딴에는 배려한답시고 한 소리이지만 전혀 위로가 되지 않았다. 물론 내게 핀잔을 들었다.

"이런 상황에서는 '오늘 저녁은 내가 차릴게.'라거나 '먹고 싶은 것을 사다줄게.'라고 하는 것이 배려라는 거예요!"

어떤 부인이 감기에 걸려서 전날부터 몸져누웠다. 남편은 있는 반찬으로 대충 아침을 챙겨먹고 출근하더니 저녁때 회사에서 전화했다.

"저녁은 밖에서 먹고 들어갈 테니까 걱정 말고 푹 쉬어."

본인 딴에는 아내를 위한답시고 한 소리다.

"그럼 누워 있는 나는 어쩌라고, 뭘 먹으란 말이냐고 따지고 싶었어요. 사러 나갈 형편도 못 되건만……. '몸은 좀 어때? 먹고 싶은 거 없어? 퇴근하는 길에 사갈게.'라고 곰살맞게 물어보면 안 되나요?"

이 부인은 그 뒤에도 병원에 태워다 달라고 남편에게 부탁한 적이 있었다. 하지만 회사에 충직한 남편은 지각할지도 모른다며 태워다 주지 않았다. 먼저 가서 예약해 달라고 부탁했을 때도 같은 대답이었다. 부인은 '언젠가 기필코 이 원수를 갚아주고 말 거야!'라고 다짐했다.

남편은 작년에 은퇴했다. 어느 날 아침 남편이 갑자기 다량의

사소한 보복...

코피를 쏟았다. 우람하고 건장한 남편은 병원이라면 질색했는데, 피투성이가 된 시트와 파자마를 보자 불안했던지 창백한 얼굴로 "내일 진찰받아 봐야겠어. 어느 병원의 의사가 잘 보지?" 하며 아내에게 물었다. '야호, 지금까지 당한 것을 보복할 절호의 기회야!'라며 아내는 속으로 쾌재를 불렀다.

"○○병원이 좋아요. 곧바로 진찰받을 수 있을 거예요."

아내가 적극 추천한 곳은 여러 의원 가운데서도 돌팔이로 평판이 자자한 곳. 그러나 남편은 링거만 맞고 멀쩡하게 나아서 집으로 돌아왔다.

"솔직히 실망했습니다. 돌팔이니까 분명 약도 잘 듣지 않을 줄 알았거든요. 그러면 '입원해야 할지도 몰라요.' 하면서 남편에게 환자의 불안한 마음을 맛보게 해줄 기회라고 기대했는데, 남편은 지금까지 약을 먹어본 적이 없는 몸이라 링거가 기가 막히게 들었던 겁니다."

가령 탄산가스 부부라도 병이 났을 때는 별개이다. 위로해 주고, 뭘 해주면 좋은지 바라는 것을 묻고, 자상하게 말을 건네자. 몸이 안 좋을 때 상대방의 자상한 배려는 열 배로 강하게 느껴진다. 반면에 배려가 부족하면 영원히 한(恨)으로 남는다. 이 점에 유의하도록!

연중행사로
부부가 함께 건강검진

　　　　　　　50대 이상의 여성 몇 명이 모이면 반
드시 대화는 건강 관리에 관한 쪽으로 흐른다. 의외로 미용에 관
한 얘기는 나오지 않는다. 이제 사랑도 관계없고, 건강이 최고인
나이여서인가?

　"요즘 채소는 옛날에 비해 영양가가 떨어진대. 토양의 영양분
이 감소했잖아. 그러니까 영양제가 필요해. ○○과 ○○은 식품
으로는 섭취하기 힘드니까 영양제로 보충하는 편이 좋아."

　자궁암, 유방암 등의 암 진단은 꼭 챙긴다. 나도 일 년에 한
번은 건강검진을 받는다. 만일 이상이 있어도 조기에 발견하면

빨리 치료할 수 있지 않은가. 가령 총콜레스테롤 수치가 아슬아슬하게 기준치에 미달이라는 것을 알면 의식적으로 식생활에 주의하기 때문이다.

내가 받는 것은 시의 단체 건강검진이다. 아저씨가 은퇴한 뒤부터는 함께 가자고 꼬드겨서 데려간다.

단체 건강검진을 받기 전날. 나는 "내일은 오후 1시 반부터 접수예요. 일찌감치 아침식사 하고 점심식사는 거르고 오래요." 라고 검진 안내서를 되풀이해서 읽었다.

"아하, '50세 이상의 남성은 희망하면 전립선암 검진을 받을 수 있습니다. 비용은 500엔.'이래요. 아저씨는 받은 적 없죠? 이 참에 받아보는 게 어떻겠어요?"

아저씨는 내켜하지 않는 눈치다.

"전립선이라고? 어떤 검사를 하는 거지?"

"그거야 우선 촉진을 하겠죠. 의사가 거시기를 잡고 이상이 없는지 만져보고 조사한 뒤 자궁암 검사처럼 세포의 일부를 채취해서 검사하는 거 아닐까요?"

"으음……."

"좀 창피하더라도 검사해 두면 안심이 되잖아요. 그리고 어떤 검사를 했는지 나중에 상세히 들려줘요~"

이튿날 새 팬티를 입은 아저씨와 나는 보건소에서 접수를 마

단체 건강검진

치고, 의자에 앉아 제1단계인 문진 차례를 기다렸다. 보건소는 사람들로 꽉 찼는데 거의가 중장년층 여성이었다.

간호사가 사람들 앞에 나와서 검진 순서를 설명했다.

"이어서 남성의 전립선암 검진입니다만……."

우리는 귀 기울여 들었다.

"혈액검사이니까 ○번에서 채혈해 주십시오."

순간 어젯밤에 나눈 대화가 떠올라 터져 나오는 웃음을 참느라 혼났다.

"혈액검사라잖아!"

아저씨가 안심한 듯이 작은 목소리로 말했다.

호호호. 남편이 은퇴한 뒤에는 연중행사로 일 년에 한 번 부부가 함께 건강검진을 받도록 하자!

일 년에 한 번은
부부가 함께
건강검진
받으세요!

제 10 조

공격만 하지 말고
칭찬도 아낌없이

부부에게
이심전심은 없다

         이심전심에 관해 나는 이렇게 생각한다. 여자 친구들과의 사이에는 있지만 남편과의 사이에는 거의 없다고.

  내 경우 40년 지기 친구가 몇 명 있다. 그녀들과는 허심탄회하게 속내를 주고받으며 지낸다. 서로의 연애, 실연, 결혼 상대에 관한 얘기, 가족이나 아이들에 관한 얘기까지도 잘난 척하거나 내숭 떨지 않고 속속들이 이야기한다. 친구 남편의 지방 전근 등으로 멀리 떨어져 살아도 전화로, 편지로 그리고 올해는 이메일로 이야기를 주고받았다. 또한 일 년에 몇 번은 함께 여행 가서 며칠 묵고 오기도 한다.

그렇게 함께 지내온 역사가 있으면 상대방이 생각하는 것을 말로 하지 않아도 대강은 짐작한다. 저절로 전해진다. 그녀들도 내 생각을 대강 이해한다. 전해졌으리라 믿는다. 이심전심이 존재하는 것이다.

그런데 아저씨와의 사이에는 여자 친구들처럼 한밤중까지는 커녕 낮 동안만이라도 마주 앉아 진심어린 대화를 한 역사가 없다. 가족으로서 필요한 것을 보고하고 전달하는 정도의 대화만 하며 지냈다. 그러니 30여 년을 함께 살았어도 이심전심은 존재하지 않는 것이다.

아저씨와의 사이에 이심전심은 없다!

그것을 똑똑히 안 것은 아저씨가 은퇴한 뒤였다. 내가 '혼자 분주하게 이리 뛰고 저리 뛰는데 눈치껏 거들어주면 어디 탈나?' '말 꺼내기 전에 알아서 척척 거들어주면 오죽이나 좋을까.'라고 무언의 분노와 짜증 섞인 메시지를 골백번 보내도 전혀 전해지지 않았다. 아저씨는 나를 보고 '뭐가 저리 바쁘지?' 하는 표정으로 시치미를 뗄 뿐이었다. 나도 아저씨가 은퇴한 뒤 어떤 기분으로 보내는지, 앞으로 무엇을 할 작정인지 전혀 파악할 수가 없었다.

코딱지만큼이라도 이심전심으로 통하는 부부가 되려면 좀 더 적극적으로 대화에 힘써야 하는 것은 아닐까?

서로의 생각을 솔직하게 말로 표현해야 하지 않을까?

그렇다면 이제부터라도 노력해야 하지 않을까?

아저씨와 전혀 통하질 않아서 스트레스에 찌들어 사는 동안 서서히 그런 생각이 들었다.

마주 앉아
대화할 것을 요청하라

　　　　　　마음속으로 바라는 것을 배우자에게 말하지 않으면 불만이 쌓여서 결국 부부싸움으로 번진다.

　말하자, 이제부터는! 내가 말하면 아저씨도 그 말에 분명 응해 줄 거야.

　그렇게 생각했다. 그러나 슬프게도 수월하게 대화 노선으로 이행되지는 않았다. 그럴 만도 하다. 결혼하고 30여 년 간 대화라는 토양을 일구지 않았으니까. 내가 무슨 말을 하건 아저씨의 대답은 "응."이나 "음······."이라는 짧막한 말이 전부였다. 싫을 때는 입을 봉하거나 혹은 안 들리는 척했고, 재차 말하면 "듣고 있어."라고 대꾸할 뿐 아내와 대화하려는 적극적인 의지가 전혀 없었다.

"아저씨, 싫으면 이런 이유로 싫다고 똑 부러지게 말하면 되잖아요. 내 생각은 이렇다고, 자신의 생각을 말해 봐요. 어서!"

열 받은 내가 앙칼지게 닦달했다.

"응……."

아저씨는 귀찮은 것이다. 다른 사람과 차분히 대화하거나 남의 의견을 듣고 그것에 대한 자기 의견을 말하기가 귀찮고 싫은 것이다. '응'이나 '음……'으로 끝내면 풍파를 일으키지 않고 필요 이상으로 감정을 소모하지 않아도 되니까 확실히 그 편이 편하긴 하다.

한동안 나는 '명령'하고 아저씨는 무저항적으로 수용하거나 침묵으로 거부하는 식으로 세월을 보냈다. 그러나 나는 끈질기다.

"뭐라고 말을 해요, 말을!"

"내가 아저씨라면 이렇게 대답할 거예요."

"세상은 자신이 하고 싶은 것, 바라는 것을 말하지 않으면 목소리 큰 사람, 억지 센 사람의 말대로 돼요. 가정에서도 마찬가지예요. 말하지 않으면 전부 내 뜻대로 할 테니 그리 알아요!"

이런 식으로 협박하며 계속해서 마주 앉아 대화할 것을 요청

했다. 그리고 노력한 보람이 있었다. 은퇴하고 3년쯤 지난 뒤부터 서서히 아저씨의 말문이 열린 것이다. '응' '음……'이 주요 대답이었던 아저씨가 조금씩 자신의 기분을 이야기하기 시작했다.

가령 전에는 "그렇게 댄스가 좋으면 강사 자격을 따면 좋을 텐데."라고 말하면 아저씨는 "아냐, 별로 그럴 마음은……."이라고밖에 대답하지 않았다. 그런데 이제 이런 식으로 변했다.

나 어째서 강사 자격증을 따지 않아요?

아저씨 자격증을 따려면 개인 레슨을 받으며 더 열심히 연습해야 하거든.

나 개인 레슨을 받으면 되지.

아저씨 그렇게까지 하고 싶진 않아. 지금 이대로도 충분히 즐거워.

나 그렇구나. 그냥 취미로 홀가분하게 춤을 즐기는 편이 아저씨에게 맞을지도 몰라.

아저씨 내 말이 바로 그거야.

아저씨의 마음을 알았으므로 나도 더 이상은 권하지 않았다. 생애를 마칠 집에 관한 대화에서도 변화를 느낄 수 있었다.

나 고향으로 돌아가서 살아볼까요? 아저씨 생각은 어때요?

아저씨 꼭 여기(현재 거주지)에 살아야 하는 것은 아니지만 당신과

달리 나는 그쪽에 친구가 전혀 없어.

나 친구가 없으면 적적하긴 하죠. 그래도 댄스는 가능할 거

예요. 친구가 얼마 전에 댄스 동아리의 권유를 받았다고

했거든요.

아저씨 그런가? 하긴 차가 있으면 그렇게 불편하지도 않을 거

야. 장모님이 사시던 집은 개조하면 살 수 있고. 아니, 그

집은 지은 지 백 년 이상 지나서 개조는 무리일지도 모르

겠다. 나중에 휠체어가 드나들 수 있도록 문턱 같은 걸

없애고 작고 아담하게 개축하는 편이 나을라나?

이젠 서로가 자연스럽게 자신의 생각을 이야기한다.

싫은 것은
싫다고 말하는 아내가 되라

사람들 앞에서 아내에게 고함치거나 쩌렁쩌렁한 목소리로 면박을 주는 중장년층 남편들이 있다. 몇 번 목격했으나 어떤 부인이든 말대꾸 않고 잠자코 있다. 대꾸하면 싸움이 되기 때문이리라.

얼마 전 슈퍼마켓 계산대에서 목격한 부인도 그랬다. 고작 가방에서 잔돈 꺼내느라 시간을 지체했다는 이유로 곁에 있던 남편이 '미련한 여편네' 운운하며 두 번이나 면박을 주었다. 그런데 부인은 그저 잠자코 있을 뿐이었다.

나는 집에 돌아와서 아저씨에게 그 상황을 상세히 이야기하고 물었다.

"아저씨가 그 남자처럼 다른 사람 앞에서 윽박지르며 면박을 주면 내가 어떻게 할 것 같아?"

아저씨는 잠시 생각하더니 이렇게 대답했다.

"'잠깐 따라 와!' 하며 눈에 띄지 않는 곳으로 날 끌고 가서 '감히 사람들 앞에서 창피를 줬겠다!'라며 손바닥으로 내 뺨을 찰싹, 찰싹!"

"그 부인은 지금까지 남편에게 다른 사람들 앞에서 윽박지르거나 욕하지 말라고 한 적이 없는 것 같아. 설사 처음에는 싸우는 한이 있어도 자기 기분이 얼마나 비참한지 남편에게 정확히 알려야 해. 그러지 않으면 과거에 똑똑했던 남편일지라도 아내의 마음을 평생 모를 거야."

남편에게 항의도 않고 늙어서 두고 보자며 복수할 날이 오기를 기다린다. 그리고 수발이나 간호가 필요해졌을 때 구박하면서 그동안 쌓인 한을 푼다. 그런 노후를 맞지 않기 위해서라도 지금 당장 부부 사이를 수정하는 노력을 해야 한다.

칭찬은 면전에서
후하게 하라

나는 아저씨에게 무엇을 해달라는 말도 곧잘 하지만, 칭찬도 아끼지 않는다. "다 늙은 남편을 칭찬한다고?" 하며 의아해 하는 분도 계실지 모르지만, '좋은 부분'을 발견하려고 노력하면 하루에 두 가지 정도는 눈에 띄기 마련이다.

가령 한 대분밖에 비어 있지 않은 슈퍼마켓 주차장. 아저씨가 쓱쓱 후진해서 들어간다.

"우와, 잘한다! 나라면 20분은 걸릴걸."

아저씨가 텔레비전 가요 프로그램에 출연한 가수의 노래에 맞춰 노래한다.

"어머, 아저씨 실력이 백배는 나은데! 춤 잘 추지, 노래 잘하지. 실버 호스트 클럽이란 것이 생겨서 호스트를 모집하면 꼭 응모해요."

한 건도 발견 못한 날은 "아저씨는 어깨 결림도 없고, 건강해서 정말 든든해."라고 칭찬한다.

지인의 남편 가운데 손재주가 뛰어나서 도배에서부터 집수리, 벤치까지 만드는 사람이 있다. 내가 "어머, 목수도 새파랗게 질릴 솜씨예요! 정말 재주 좋은 남편이시네."라고 감동해서 칭찬했더니 남편의 뛰어난 손재주에 무덤덤해진 지인은 "그래?"라며 시큰둥하게 반응했다.

아내들은 칭찬에 인색해서는 안 된다. 아내가 남편을 칭찬하면, 남편도 아내를 칭찬하게 될 것이다.

아저씨는 나를 직접 칭찬하진 않지만('일은 똑소리 나게 해.'라고 한마디 정도 해주면 좋으련만) 예전에는 잠자코 먹던 반찬을 요즘은 "아, 잘 먹었다. 맛있었어!"라고 한다. 그것만으로도 상당한 발전이라고 생각한다.

칭찬의 말은 웃음 짓게 한다. 은퇴한 뒤의 부부관계를 밝게 하는 무형의 소도구이다. 아낌없이, 후하게 칭찬하자!

감사합니다~

제 조

남편의 지역사회 데뷔를
응원하라

이웃의 얼굴과 이름을
외우게 하자

아저씨가 은퇴한 지 얼마 안 되었을
무렵, 내가 집을 비운 사이에 이웃에서 방금 딴 채소를 나눠주
러 왔다. 우리 집은 이웃들로부터 곧잘 채소를 얻어먹는다.

"당신한테 전해 주라던데 누군지는 몰라."

"인상이 어땠어요?"

"글쎄, 건네주고는 냉큼 돌아가서……."

이튿날 개를 산책시킬 때 물어보니 ○○씨였다.

"이런, ○○씨였잖아요. 저기 모퉁이를 돌면 나오는 집 알
죠?"

"아, 그 사람이 ○○씨야?"

아저씨는 이름은 알아도 얼굴은 몰랐던 것이다.

근처에 사는 아주머니, 할머니들도 묻는다.

"요즘에 바깥양반께서 종종 개를 산책시키시던데 은퇴하셨어요?"

돌아와서 아저씨에게 물어본다.

"길에서 ○○씨랑 ○○씨 댁의 할머니를 만났을 때 인사했어요?"

"아니. 누가 어느 댁 아주머니랑 할머니인지 알아야지."

아저씨는 몰라보아도, 근처의 아주머니나 할머니들은 이 사람이 어디 사는 누구인지를 잘 안다. 그런 법이다.

아저씨에게 속히 근처 이웃들의 얼굴을 외우게 해야겠다 싶었다. 이대로 뒀다가는 길 가다가 만나도 모른 척한다고 오해받기 십상이다. 아니 이미 인사성 밝지 못한 사람이라고 흉보고 있을지도 모른다.

"앞으로는 집 주변에서 다니다가 만난 사람에게는 누구에게든 가볍게 인사해요. 알았죠? 누군지 모르더라도."

그리고 장을 보거나 다른 볼일로 외출하는 길에 만난 사람의 이름을 부지런히 가르쳤다.

"아까 만난 사람이 ○○씨 댁의 할머니세요, 저 사람이 ○○

씨 댁의 할아버지예요, 자전거 타고 가며 인사한 사람이 ○○씨의 부인이에요."

아저씨의 지역 데뷔 첫 걸음은 근처 이웃 사람들의 이름과 얼굴을 외우는 것이었다. 그후 아저씨는 사회복지관에서 사교 댄스를 시작하고, 나아가 얼마 후에는 근처에서 일도 하게 되어(제 12조에서 기술) 본격적인 지역사회 데뷔를 해냈다. 지금은 나보다 아저씨가 아는 사람이 더 많을지도 모르겠다.

은퇴한 이후에는 아내와 마찬가지로 남편도 지역사회가 생활 터전이 된다. 인사를 주고받는 이웃사촌, 취미활동을 함께하는 친구, 일이나 자원봉사를 하다가 사귄 친구가 있으면 나이 들어서도 외롭지 않게 보낼 수 있다. 지역사회 데뷔가 필요한 것은 이 때문이다.

남편의 지역사회 데뷔를 후원하는 것은 역시 그 지역에 강한 아내이다. 물론 혼자서 데뷔하는 남편도 있다. 그러나 아저씨처럼 그 고장 태생이 아닌 데다가, 아침 일찍부터 멀리 떨어진 회사에 다녔던 남편들은 회사를 그만두면 대개 인간관계가 끊긴다. 살고 있는 지역에서 아는 사람이라고는 아내가 전부인 쓸쓸한 일상을 보내게 된다.

나처럼 장을 보거나 다른 볼일로 나갈 때 남편을 대동하고 나가 길에서 만난 사람을 가르쳐주고 함께 인사하며 얼굴과 이름

남편의 지역사회 데뷔

을 외우게 하는 방법이 좋을 것이다. 이웃 사람의 낯을 익히는 것은 지역에 익숙해지는 것이다. 지역에 익숙해지면 남편은 외출을 꺼리지 않는다. 다양한 활동의 계기가 된다.

보육 지원 자원봉사를 하는 지인은 바람을 털어놓았다.

"특별히 무슨 활동을 하길 바라는 것은 아닙니다. 집 밖으로 나가서 산책만 해도 좋겠습니다. 은퇴한 아저씨가 활기차게 산책하는 모습이 초등학생과 중학생 아이들의 눈에는 건강한 아저씨랑 할아버지가 많은 좋은 동네라고 비쳐질 테니까요. 희망을 말하자면 보육 도우미 자원봉사에 차츰 관심이 생겨서 저희 활동에 동참하는 거예요. 아이들에게 옛날 놀이를 가르쳐주면 좋잖아요."

남편이여,
아내의 뒷모습을 보고 커라

남편의 지역사회 데뷔를 다음과
같이 응원하는 부인도 있다.

칸사이에 사는 사츠키 씨의 남편은 은퇴한 지 8개월이 된다.
은퇴한 뒤 남편은 텔레비전에 빠져 산다. 기상과 동시에 텔레비
전 리모컨을 든다. 아무데도 나가지 않고 온종일 자다 깨다 하
면서 보고 또 본다.

한편 사츠키 씨는 하루라도 집에 있으면 몸이 근질근질한 외
향적 스타일. 따뜻한 지역사회 만들기 활동위원이나 자치회의
간사를 맡는 한편 5년 전부터는 지역 노인들을 병원 등에 모시

고 다니는 자원봉사도 한다. 다양한 학습회, 강연회에도 적극적으로 참가한다. 활동적인 아내는 텔레비전 앞에서 자다 깬 남편을 볼 적마다 속이 터진다.

더욱이 남편은 집안일을 돕거나, 점심을 차려 먹는 등의 세세한 일은 관심도 없다. 사츠키 씨는 외출하기 전에 남편이 언제든 먹을 수 있도록 간단히 점심상을 차려놓고 나간다. 참 번거롭다. 만들 짬이 없을 때는 팥빵이나 크림빵을 접시에 담아두고 간다. 남편은 불평 한마디 않는 순둥이다.

'이대로는 안 돼. 지역을 위해 뭔가 기여하게 해야 해.'

그렇게 생각한 사츠키 씨는 우선 남편에게 자치회 활동의 일환인 '하굣길 어린이 지킴이 자원봉사'를 권했다. 수상한 사람들로부터 지역 어린이를 지키기 위한 것으로, 자기 집 앞과 근처의 차도에 서서 하교하는 어린이의 파수꾼 역할을 하는 것이다.

그녀의 집은 초등학교가 코앞에 있다. 대문 앞의 도로를 어린이들이 지나간다. 남편은 사츠키 씨를 따라 순순히 차도 앞에 섰다. 익숙해지자 혼자서도 잘 나갔다.

남편은 게으르긴 하지만 손끝이 야무진 면도 있었다. 소일거리 삼아 페트병에 칼집을 넣고 깃털을 꽂아 풍차를 만들어 대문 근처에 몇 개 장식했다. 바람을 타고 풍차의 날개가 도니 하교하는 아이들이 흥미를 보였다. 근처의 아이들이 와글와글 찾아왔다. 남편은 기뻐하며 풍차와 망아지 만드는 방법 등을 가르쳐 주며 함께 놀았다.

그러나 얼마 지나자 아이들은 더 이상 오지 않았다. 질렸거나 게임기 앞으로 돌아간 것일지도 모른다. 학원에도 가야 하고 이 것저것 배우느라 바빠서이기도 할 것이다. 남편은 또다시 텔레비전 앞에 누워서 뒹구는 시간이 많아졌다.

사츠키 씨는 자치회의 버스 여행, 여름축제, 문화제, 산악회 등의 행사에 남편을 데리고 다녔다. 가자면 순순히 따라나섰다. 자연스럽게 지역 사람들과 낯을 익혔고, 자치회의 행사에도 참여하기 시작했다고 한다.

"제 등을 보고 남편이 조금씩 지역활동과 환경운동에 눈을 돌리기를 기대합니다."

은퇴한 남편을 키우는 것은 정말로 아내인 것이다.

자신을 위한 시간도 갖자

은퇴한 남편이 지역에서 활동무대를 넓혀서 생기 있게 사는 것이 아내들의 바람이다. 하지만 과유불급이라고, 너무 열성적인 것도 문제가 된다.

카즈미 씨의 남편은 은퇴한 뒤에도 집에 붙어 있질 않는다. 재직 중일 때부터 은퇴한 뒤에는 자원봉사를 하겠다고 결심한 남편이다.

"은퇴한 뒤에는 '회사를 위해서'가 '남을 위해서'로 바뀌었을 뿐입니다. 현역시절에는 토요일과 일요일, 명절 때라도 쉬었지만 지금은 그나마도 없습니다. 365일 남을 위해서 일해요. 봉사하는 것이 사는 보람이라고 합니다. 제가 일어나면 벌써 집을 나가고 없어요. 직접 간단하게 아침을 만들어 먹고 나갑니다. 밤에 귀가해도 저녁식사가 끝나기가 무섭게 자료 만들 게 있다며 냉큼 자기 방으로 갑니다.

처음에는 속이 상했어요. 남편이 은퇴를 했는데도 왜 나는 과부처럼 혼자 영화를 보러 가야 하는지, 어째서 단둘이 오붓하게 여행조차 못 가는 건지 하고요. 하지만 이젠 포기했습니다. 저는 제 취미활동을 즐기면 되고, 여행은 친구랑 가면 되니까요.

어느 날 남편이 농담 반 진담 반으로 말하더군요. 자기는 하고 싶은 일을 하고 있어서 언제 쓰러져도 만족한다고. 하지만 이대로 가다가는 정말 언제 쓰러질지 몰라요. 무리하고 있다고 생각해요. 남을 위해서만이 아니라 조금은 자신을 위한, 부부를 위한 시간도 가졌으면 좋겠어요."

카즈미 씨의 남편 같은 사례도 있지만 분명 남편에게는 충실한 날들일 것이다. 나는 남편들의 생기 넘치는 얼굴을 좋아한다. 그래서 남편들의 지역사회 데뷔를 적극 응원하고 싶다.

제 12 조

일주일에 한 번이라도 일을!

일은 얼굴에 긴장감을 준다

오전 8시 반.

"그럼 다녀올게."

"네, 안녕히 다녀오세요."

아저씨는 내가 준비한 도시락을 들고 직장으로 향한다. 차로 10분 정도의 거리다. 아저씨는 요일에 관계없이 일주일에 한두 번 일을 한다. 은퇴한 뒤의 이상적인 근무방법이라고 생각한다.

아저씨가 지금의 직장에서 일하게 된 지 4년째가 된다. 은퇴했을 당시에는 더 이상 일할 마음은 털끝만치도 없었다. 아마 한가롭게 취미활동이나 즐기면서 탱자탱자 노는 생활을 꿈꿨을 것이다. 현역 시절과 마찬가지로 내 수발을 받으면서.

그러나 나는 궤도 수정에 착수했다. 아저씨가 꿈에 그리던 '이상적인 은퇴 후의 생활'을 '아내의 맘에 드는 이상적인 은퇴 남편'의 방향으로. 지금까지 쓴 대로이다. 나아가 내가 바란 것은 일주일에 한두 번 일하는 아저씨였다. 동기는 단순하다. 나는 일주일에 하루 이틀은 아저씨와 아침부터 저녁까지 얼굴을 마주하지 않는 날을 원했다.

지인의 은퇴한 남편은 날마다 낚시 삼매경이라고 한다. 날씨가 좋은 날은 이른 아침부터 강이나 바다, 호수로 나간다고 한다. 부러웠던 것은 찬거리를 낚아 와서가 아니라 낮에 집에 없는 날이 많아서였다. 다른 지인의 은퇴한 남편은 채소 경작 삼매경. 점심을 먹으러 집에 오긴 하지만 낮에는 대개 밭에서 시간을 보낸다고 한다.

그러나 아저씨는 낚시에도 채소 경작에도 전혀 흥미가 없었다. 댄스는 밤에 한다. 낮에 집을 비운다면 가끔 스포츠센터에 가는 2시간뿐. 정기적으로 하루, 혹은 반나절이나마 외출하게 하려면 일을 권하는 수밖에 없었다.

하지만 이미 37년간이나 성실하게 일한 사람에게 무슨 방법으로? 나는 점진적인 근로 의욕 자극 작전으로 나가기로 했다. 은퇴한 뒤 반년쯤 지난 무렵부터 나는 기회가 닿을 때마다 태연하게 말을 꺼냈다.

"○○씨 댁의 남편은 최근에 다시 일을 시작한 모양이에요. 매일 출근하는 것은 아닌 모양이지만."

"○○(내 친구) 남편은 은퇴했는데도 업무를 위탁해서 그대로 근무한대요. 온종일 집에 있으려니 지겹다면서."

"오늘 버스에서 봤는데 공원에서 나무 가지치기를 하더라고요. 근데 모두 할아버지들이었어요. 아마도 실버인재센터 사람들이겠죠? 할아버지들이 어찌나 정정하시던지. 분명 그렇게 일하는 것이 건강의 비결일 거야."

처음에 아저씨는 그저 하품만 하면서 무심하게 들었다. 그러나 주위 아는 이웃들의 이야기를 주워 나르면서 점진적으로 근로 의욕을 자극하는 나의 작전은 결국 성공했다. 아니 아저씨 자신도 긴장감 없는 무료한 일상에 약간 질렸는지, 자기 발로 시의 실버인재센터에 찾아가 등록한 것이다. 내가 그 사실을 안 것은 실버인재센터에서 일자리 알선 전화가 왔기 때문이다. 은퇴하고 일 년 반이 지나서였다.

"아저씨 일해?"

나는 들뜬 목소리로 물었다.

"응. 다음 주부터 2주간이야. 도시락 싸가야 해."

도시락은 그렇다치고 고작 2주간이라는 것이 약간 실망스러

일의 효과

before   after

멍

흐리멍덩하다

시원시원

야무지다

웠지만, 그래도 일할 마음이 든 것은 축하할 일이라고 생각했다.

"언제 실버인재센터에 등록하고 왔어요?"

"전에 도서관에 간 길에."

실버인재센터에서 처음 소개받은 2주간의 일은 한 회사의 서류 정리였다. 월요일부터 금요일까지 오전 8시 반부터 오후 5시까지였으므로 게으름 피우는 버릇이 든 아저씨는 힘들다며 별로 달가워하지 않았다. 그나마도 단기간에 끝나버리고 말았지만.

나는 빈둥거리는 생활로 돌아온 아저씨에게 말했다.

"매일 일할 필요는 없어요. 연금이 적긴 하지만 나도 일하니까. 이번에는 일주일에 두 번 정도 나가는 일자리를 알아보세요."

"글쎄, 입맛에 맞는 일자리가 그리 쉽겠어?"

내 생각도 그랬다.

다시 실버인재센터에서 전화가 온 것은 그로부터 4개월 뒤였다. 그것이 지금의 직장이다. 어떤 시설의 접수계다.

"창구 아가씨가 아니라 창구 아저씨네. 일주일에 한두 번, 꼼짝 않고 자리 지키는 일이면 아저씨한테는 딱인걸!"

그 일자리를 얻고 아저씨는 점차 변해 갔다. 얼굴 표정은 야무지고, 생기가 넘쳤다. 일주일에 한두 번이라도 일에는 책임이

따르므로 적당한 긴장감을 주었기 때문이다. 생활에 변화가 생긴 것도 큰 이유일 것이다.

아저씨가 없는 날을 원해서 일을 권한 나였지만 일이 가진 효과에 새삼 놀랐다.

"일주일에 하루나 이틀 하는 일이어서 시급이 고작 750엔이라고?"라며 친구들은 비웃지만 나는 고개를 가로저었다.

"아니야, 일이 가져다준 것을 생각하면 시급 따위는 개의치 않아. 더욱이 아저씨가 정기적으로 집을 비우는 것만으로도 이게 웬 횡재인가 싶으니까."

얼마 전 아저씨에게 물어보았다.

"아저씨 아무 일도 않고 집에 있었을 때와 아르바이트하러 다니는 지금이랑 어느 생활이 더 좋아요?"

아저씨는 망설이지 않고 대답했다.

"지금이 좋아. 그때는 매일 뭘 해야 좋을지 몰라 난감했거든."

집요하게 조르지는 말라

2007년에 은퇴를 한 단카이 세대 남편을 둔 한 부인은 이렇게 말했다.

"남편에게 은퇴한 뒤에도 일손을 놓지 말라고 부탁했습니다. 매일 출퇴근하는 일이 아니어도 된다, 아르바이트라도 좋다고 했어요. 연금의 만기지급이 64세이니까 그때까지라도 좀 더 고생해 달라고. 그리고 집에 붙어 있으면 거북하다는 두 가지 이유였어요.

제 친구 남편은 은퇴한 뒤로 매일 아침 '오늘 점심은 뭐야? 저녁은 뭐지?'라고 묻는대요. 온종일 식사를 기다리는 남편과 지내는 생활은 공포입니다. 그래서 웃는 낯으로 은퇴한 뒤에도 일을 했으면 좋겠다고 넌지시 남편 의중을 떠보았는데 본인에게는 그럴 마음이 없는 듯해요. 하지만 특별히 취미도 없고, 한가한 것을 질색하는 부지런한 사람이니까 조만간 일할 마음이 들겠거니 기대하고 있습니다."

약간의 저축과 퇴직금이 있어 생활은 그다지 어렵지 않아도 남편이 밖에 나가서 일하길 바라는 것은 역시 점심 차리기와 아내 자신만의 자유시간 때문이다.

그러나 너무 집요하게 졸랐다가는 도리어 역효과가 난다. 어떤 부인은 은퇴한 직후부터 하루도 안 거르고 "당신 능력이라면 일자리는 금방 찾을 거예요, 다시 일하는 게 어때요?"라고 했더니 결국 남편이 불같이 화를 냈다. 이 부부는 그렇게 몇 달동안 소 닭 보듯 데면데면 지냈다고 한다.

확실히 일은 사는 보람이 된다. 취미활동으로는 얻을 수 없는 것이 있다. 그렇다고 해서 연방 일하라고 채근해서는 안 된다. 평양감사도 저 하기 싫으면 그만이다. 무슨 일이든 본인의 마음이 동하지 않으면 어쩔 수 없는 것이다.

한편 남편이 일을 그만두지 못하게 하는 아내도 있다.

"이제는 일을 그만두고 싶은데 아내가 일할 수 있는 만큼 일하라고 입버릇처럼 말해서……."

A시에 사는 어떤 남편은 이웃인 요코 씨에게 웃으면서 이렇게 말했다. 유능한 그는 은퇴 후에도 버젓한 직장을 얻어 아내의 희망대로 계속 일했다. 작년에 일흔이 지나 드디어 가정으로 돌아왔는데 그의 아내는 자신의 세계(취미활동과 교우관계)를 온전히 유지하며 남편에게는 무관심했다. 돈이 있어도 할 일이 없어서 그는 대낮부터 술을 마시게 되었고, 밤에는 밤대로 어딘가로 술 마시러 다녔다.

어느 날 요코 씨가 마당에 나왔을 때 문밖에서 쿵 하는 소리가 나 뛰어나가 보니 그가 자전거를 탄 채 쓰러져 있었다. 지나가던 사람과 함께 일으켜 보니 상당히 취해 있었지만 다행히 다친 곳은 없었다. 부축해 그 집 현관까지 데려다 드렸는데 부인의 반응이 뜻밖이었다고 한다.

"구제불능인 인간이군!"

"약주하시고 자전거 타시면 위험하니까 말리세요."

"내가 하는 말 따위 뉘 집 개가 짖느냐는 식이니 난들 어쩌겠어요!"

부인은 요코 씨에게 감사의 인사를 건네기는커녕 매우 쌀쌀한 반응이었다. 그후 이웃집 남편은 여전히 술을 끊지 못하는 듯했고, 최근에 길에서 만났는데 안타깝게도 치매 증상을 보이더라고 했다.

가족을 위해 평생 일만 하던 끝에 아내에게는 버림받고, 술이 유일한 친구가 되어버린 노후. 애처롭지 않은가.

은퇴한 뒤에 일하는 것은 적극 권장하지만 문제는 일하는 방법이다. 대개의 남편들은 오랜 세월 착실히 직장생활 하느라 부인과 마주앉아 변변한 대화도 못한 채 나이를 먹었다. 이미 돌이킬 수 없는 '냉소적인 부부'가 되고 마는 것이다. 그런 불상사를 방지하기 위해서라도 일주일에 한두 번 혹은 일주일에 3일 정도만 나가는 일자리가 좋지 않을까 싶다.

잠깐 재미난 에피소드 한 가지를 소개한다.

일전에 어떤 곳에서 '은퇴한 뒤의 생활에 관한 제안'이라는 내용으로 강연했을 때의 일이다. 내가 '일주일에 하루라도 남편에게 일을 하도록 권하자'며 아저씨를 예로 들어 설명한 뒤 질문을 받았다.

"지인의 집 얘깁니다만……."이라고 전제를 두고 한 60대 남성이 말했다.

"선생님은 남자에게만 일을 권하십니다. 그러나 지인의 아내는 틈만 나면 텔레비전 앞에 붙어 앉아 있습니다. 제 생각에는 그런 아내도 마땅히 일주일에 몇 번은 밖에 나가 일하게 해서 이것저것 느끼게 해줘야 할 것 같은데요……."

남성이 많은 강연장에서 웃음이 터져 나왔다.

"아내는 노는 듯이 보여도 자질구레한 집안일과 잡무가 많습니다. 아내의 일을 남편이 고스란히 대신해 주지 않는 이상 아내가 일하러 나가는 것은 보통 일이 아닙니다."

그때 나는 아내의 편을 들었으나 흥미로운 질문이었다. 아마도 남편의 본심일 것이다.

취미활동을 직업으로 만들자

"꿈을 향해 노력하고 포기하지 않으면 반드시 이루어집니다!"라고 말하며 만면에 온화한 미소를 지은 사람은 야리타 마사카즈 씨이다.

야리타 씨는 2005년 봄에 은퇴하고 3개월 후에 메밀국수 집을 열어 제2의 인생을 시작했다. 원래 메밀국수와 우동 뽑는 것이 취미활동이었다. 휴일에는 친구들을 불러 직접 뽑은 메밀국수를 대접했는데, 친구들의 "맛있다, 정말 끝내줘!"라는 칭찬이 조금씩 자신감을 키워주었다.

'은퇴 후에 내가 뽑은 메밀국수를 먹으러 찾아오는 사람이 있

다면 가슴이 벅찰 거야. 가게를 해볼까?'

농사 짓는 처갓집에서 마당에 딸린 부지를 제공해 주었다. 야리타 씨는 거기에 우선 5평가량의 점포를 차리기로 했다. 야리타 씨는 원래 목수였는데 허리를 다쳐서 47세 때 전직을 한 사람이었다. 그때의 솜씨를 발휘할 때가 된 것이다.

휴일마다 조금씩 가게를 지어나갔다. 회사원인 아내도 짬을 내서 거들어주었다. 완성하자 좀 더 넓은 편이 좋겠다는 생각이 들었다. 그래서 다시 끈기 있게 조금씩 증축해서 3년이 걸려 드디어 26평가량의, 다락방이 있는 점포를 차렸다. 실내장식은 물론 식탁도 손수 제작했다. 간판도 손수 만들고, 가게 이름도 직접 썼다.

점포가 완성되었어도, 아무리 메밀국수 뽑기 리허설을 해도 개업하는 데는 용기가 필요했다고 한다.

'과연 내가 뽑은 메밀국수를 돈 내고 먹으러 올까.'

처음에는 근처 주민, 예전의 동료, 테니스 동호회의 친구들이 찾아주었고, 서서히 입소문이 나서 조금씩 손님이 늘어났다.

"은퇴 전보다도 바쁩니다. 문득 취미를 살리길 잘했다는 생각이 듭니다."라며 야리타 씨는 쑥스럽게 웃었는데 그의 얼굴은 생기가 넘치고 빛났다. 은퇴 이후에 충실한 삶을 사는 남자의 얼굴이라고 생각했다.

제 조

남편은 남편,
아내는 아내

남편에게 감시당한다?

은퇴한 뒤에는 남편과 아내 모두 사생활을 보호받기가 무척 어렵다. 단둘이 집에 있으면 서로의 행동을 한눈에 훤히 꿰뚫고 있는 거나 다름없기 때문이다.

우선 외출하는 곳. 어느 부인의 예를 들겠다.

"잠깐 나갔다 올게요."

예의상 남편에게 말한다. 남편이 묻는다.

"어디를?"

"세탁소만 다녀올 거예요."

"어디 있는데?"

지역 사정에 어두운 남편은 가게 위치도 모른다.

"○○미용실 옆이요."

"○○미용실이 이 근처에 있었나?"

또 설명해야 한다.

"남편이 의심해서 캐묻는 게 아니라 그냥 따분해서 그런다는 것은 저도 압니다. 그래서 성가시지만 '뭘 그렇게 일일이 알려고 들어요. 가출할까 봐서 그래요?'라고 윽박지를 수도 없어요."

아내가 씁쓸히 웃는다.

우리 집도 그렇다.

"은행에 다녀올게요, 개 산책시키고 올게요, 취재 다녀올게요."라며 아저씨에게 일일이 보고하고 나간다. 아저씨도 마찬가지다.

"도서관에 다녀올게, 스포츠센터에 다녀올게."

무슨 이유인지 사교 댄스를 배우러 갈 때는 '잠깐 나갔다 올게.'라고만 하지만.

잠자코 슬쩍 나가면 '말 못할 행선지인가?' 하고 오해할 것이다. 둘이 살면서 일부러 험악한 분위기를 조성하는 것은 어리석은 짓이다.

남편이 내 전화를
듣는 것이 싫다!

어느 선배의 집에 전화했을 때의 일
이다. 그녀와는 한 모임에서 알게 되었는데 몇 가지 물어볼 것
이 있었다.

"네."

전화를 받은 사람은 나이 지긋한 남성이었다. 그녀의 남편은
몇 년 전에 은퇴했다고 들었다.

"○○씨 댁입니까?"

"네."

요즘 '보이스 피싱'이라는 전화 금융사기 덕분에 '네' 이외에

는 말하지 않는 집이 많아졌다. 내 이름을 밝히고 상대방의 성을 확인한 뒤 "○○씨를 부탁합니다."라고 정중히 부탁했다.

"예? 어디 사시는 오가와 씨입니까? ○○동의 오가와 씨시라고요? (메모를 하는 모양이다.) 집사람 지금 집에 없는데 무슨 일이신지요?"

깐깐한 목소리다. "나중에 다시 전화하겠습니다."라고 하자 "제게는 말씀하시기 곤란한 용건입니까?" 하고 되물어서 하는 수 없이 이러저러 얘기를 해야 했다. 그것도 꼼꼼하게 확인까지 받으면서. 그녀가 부재중일 때 걸려오는 모든 전화에 남편이 이런 식으로 대응한다고 추측하면 그녀의 교우관계를 남편이 속속들이 꿰고 있다는 얘기다.

본인이 집에 있어도 남편이 받는 경우도 있다. 용건은 없었지만 문득 목소리가 듣고 싶어서 친구에게 전화를 걸었다. 신호음이 한번 울리고 "네, ○○입니다."라고 말하는 남자의 음성이 들려서 화들짝 놀랐다. 평일 낮에는 그녀밖에 없다고 생각했으므로 순간 말문이 막혔다.

"오, 오가와라고 합니다만……." 하고 당황해서 말을 더듬으며 "○○씨를 부탁합니다."라고 말했다.

"오가와 씨군요, 잠시만 기다리십시오."라고 부재중 멜로디가 흘러나온 후에 친구가 전화를 받았다.

"네, 전화 바꿨습니다."

뭐, 뭐야? 해묵은 친구 사이에 이 정중한 말투는.

"아까 전화받은 남자, 남편이야? 휴가 내셨어?"

"저, 이제 졸업했으므로……."

"졸업이라고? 앗, 정년퇴직 말이야?"

"네, 그렇습니다."

"언제?"

"얼마 전입니다."

친구끼리 쓰는 말투로 말하는 나와는 전혀 어울리지 않는 톤으로 그녀는 짧게 대답만 했다. 그래, 남편이 옆에 있는 탓에 통화하기가 곤란한가 보군.

"특별한 용건은 없어."

"알겠습니다. 전화 주셔서 감사합니다."

회사의 접수처 여직원 같은 어조로 인사를 해서 픽 웃었다.

이튿날 그녀에게 전화가 왔다.

"남편은 지금 서점에 갔어. 어제 깜짝 놀랐지? 남편은 평생 영업만 전문으로 해온 양반이라 전화벨이 울리면 득달같이 달려가서 받는 버릇이 들었거든. 친구들은 남편이 퇴직한 것을 모르니까 당연히 내가 받으려니 예상하고 전화를 걸지. 그랬다가 뜬금없이 남편 목소리가 들리니 기겁해서 말 한마디 못하고 냉큼 끊어버려. 나중에 여러 친구들이 '미안해. 얼떨결에 수화기를 내려놓는 바람에.'라며 사과해서 웃고 말았는데 씁쓸하더라."

그런 사정을 모르는 그녀의 남편은 "요즘 들어 잘못 오는 전화가 왜 이리 많은 거야. 몰상식하게 사과 한마디 않고 전화를 끊다니 전화 예절도 모르나!"라며 화를 낸다고 한다.

그녀는 계속 말한다.

"남편이 집에 있으니 전화로 맘 편히 수다도 못 떨어. 게다가 '아까 전화한 사람은 어떤 친구야?'라며 시시콜콜 묻고……."

이것은 남의 일이 아니라고 생각했다. 당시에 나는 간호 잡지의 취재가 무척 많았다. 가령 '재택 간호의 요령'이라는 주제로 전국 각지의 10여 명에게 체험담을 들으며 전화 취재를 한다. 그때는 전화 앞에서 메모하면서 업무용 목소리로 말한다. 일단 정리되면 기분을 전환하려고 친구에게 전화해서 한참동안 왁자지껄하게 저속한 화제로 수다를 떨면서 머리를 식힌다.

그러나 아저씨가 거실에 떡 버티고 앉아 있으면…….

우리 집 전화는 FAX 겸용인 본체 수화기가 거실에 있었다. 어떻게든 전화 대책을 마련하기 위해 궁리하는 사이에 은퇴를 맞고 말았다. 원고 보내는 일은 막 마쳤지만 다음 호에 대해 상의하거나 원고를 확인하는 전화 등이 잇따라 걸려온다. 아니나 다를까, 아저씨는 거실 소파에 엎드려서 텔레비전을 보고 있다.

영업사원 출신인 남편은
전화를 받으러 튀어나온다

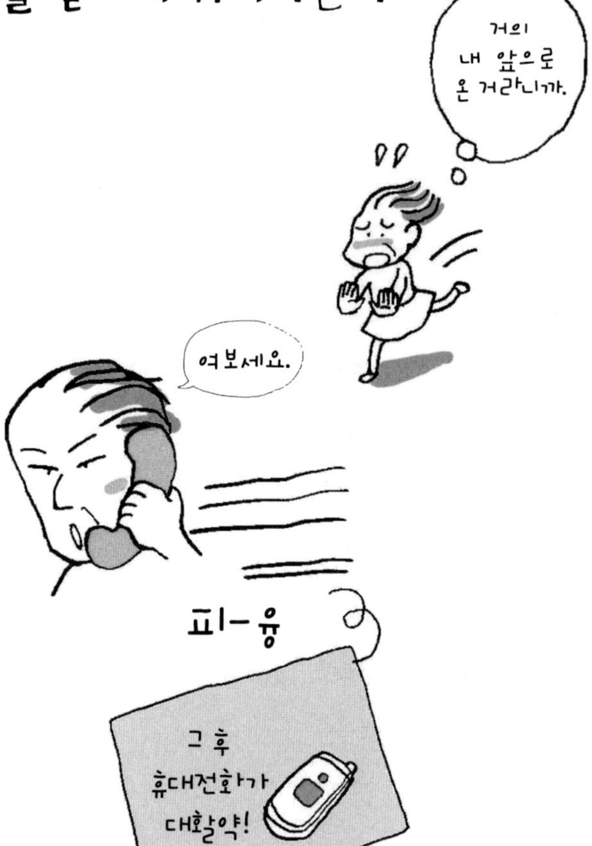

아저씨에게 오는 전화는 거의 없으므로 모두 내가 받는다. 하지만 아저씨 귀에 고스란히 들린다.

아저씨는 은퇴할 때까지 평일에 내가 어떻게 보내는지를 몰랐으니 필시 신기할 것이다. 일 관계로 걸려온 전화라면 '흐음, 이런 식으로 대응하는구나.' 하는 눈으로 흘끗 본다. 친한 친구에게서 온 전화면 친구인가 하는 눈으로 또 흘끗 본다. 그러다 한마디 툭 던진다.

"많이도 걸려오네……."

일 관계로 오는 전화는 그렇다 치더라도 친구들과는 통화하기가 굉장히 조심스럽다. 아니 조심스럽다기보다는 흥이 나질 않는다. 아저씨에게 친구 관계가 전부 알려지는 것도 재미없다.

'뭐 좋은 수가 없을까……. 그래, 본체 수화기를 작업실로 옮기는 거야!'

그럴싸한 이유를 대서 아저씨에게 말했다.

"이렇게 전화가 많이 오면 텔레비전 보는 데 방해되죠? 나도 앞으로 계속 전화로 취재해야 하는데 여기서는 텔레비전 소리 때문에 상대방의 목소리가 잘 안 들려요. 작업실로 옮길게요. 여기에는 내선 수화기 한 대를 두기로 하고요."

아저씨는 전화 따위는 아무래도 좋다는 듯 텔레비전 화면에 시선을 고정한 채 "응." 하고 대답했다.

그후로 나는 통화할 때 아저씨를 전혀 신경 쓰지 않아서 좋았다. 부부라도 서로의 집안 이야기는 듣게 하고 싶지 않은 법.

전화 놓는 장소를 거실에서 복도 등으로 바꾸는 것도 한 방법이다. 또한 전화는 서로 내선 수화기를 들고 다른 방에서 하기로 미리 약속해 둬도 좋을 것이다. 그때는 잊지 말고 '서로의 사생활을 존중하기 위해서'라는 말도 덧붙이도록.

아울러 앞서 말한 영업사원 출신인 남편이 재까닥 전화를 받는 그 친구는 얼마 후 휴대전화를 샀다.

"내게 연락할 때는 휴대전화로 걸어. 물론 받지 않을 거야. 나중에 착신 기록을 보고 남편이 없을 때 내가 걸게."

휴대전화는 이런 용도도 있다.

각자의 달력으로
행선지를 파악하자

우리 집은 부엌에 아저씨와 내 전용 달력 두 개를 나란히 걸어놓았다. 각자 외출 계획이 있는 날에는 빨간 동그라미를 치고 행선지를 쓴다. 굳이 묻지 않아도 서로의 외출 계획을 한눈에 알 수 있어서 무척 편리하다.

아저씨가 동창회라고 메모해 둔 것을 보고도 '그래, 또 동창회야. 그럼 저녁밥 할 필요 없겠군.' 하고 생각할 뿐이다. 나는 아저씨의 교우관계에 관여하지 않는다. 아저씨도 내 달력에 '신주쿠'라고 메모해 둔 것을 봐도 무슨 일로 누구와 만나느냐고 일체 묻지 않는다. 서로 속박하지 않는 편한 관계라고 생각한다.

하긴 요즘은 대폿집 분위기로 저녁식사를 하면서 "일전에 갔던 동창회에서 이런 말이 나왔어……."라거나 나도 "이런 얘기를 들었는데 아저씨 생각은 어때?"라며 술안주 삼아 이야기하는 정도로 대강의 정보는 공개한다.

은퇴 후에 부부만의 단출한 생활에서 사생활을 확보하기는 어렵다. 그래도 남편은 남편이고, 아내는 아내다. 서로 행선지는 물어도 누구와, 어떤 장소에서 무슨 목적으로 만나는지 상세한 부분까지 필요 이상으로 시시콜콜 개입하지는 않는다. 은퇴한 뒤일수록 배우자의 사생활 존중이 필요하다.

제 조

무신경한 남편으로
만들지 말라

'파자마맨'이라는 이름의
무신경한 남편

어디고 갈 예정 없음. 누구도 올 예정 없음. 특별히 할 것도 없음.

이것은 보편적인 은퇴 남편의 하루 일과이다. 장보기를 비롯해서 쓰레기 집하장의 청소당번, 회람판 돌리기, 이웃에 사는 할머니 문병 등과 같은 잡무로 날마다 밖에 나갈 용무가 있는 아내에 비해 은퇴 남편이 밖에 나갈 일은 극히 적다. 그러면 다음과 같은 남편도 나타난다.

일명 파자마맨.

근처에 사는 부인은 이렇게 말한다.

"남편은 은퇴한 지 2년이 되었는데 파자마 차림밖에 본 적이 없습니다. 현역 시절에는 으레 말쑥한 양복 차림이었는데 말이죠. 처음에는 어디 아픈가 싶어서 물어보면 아무데도 안 나가는데 옷 갈아입기 귀찮다고 그냥 편한 차림으로 있겠대요."

은퇴하고 긴장의 끈이 툭 끊어진 듯이 무신경한 남편. 아내는 웃어넘길 일이 아니다. 나태한 생활은 파자마를 벗지 않는 것에서 시작된다고 나는 말하고 싶다. 심지어 지역의 청소 행사에 파자마 차림으로 나온 아저씨가 있었다. 그것을 용납하는 부인이 참으로 무던하다 싶었다.

아저씨도 은퇴한 직후에 파자마를 입은 채 종종걸음으로 나타나 아침식탁에 앉으려고 했다.

"어~머, 안 돼! 옷 갈아입고 와서 드세요."

"먹고 나서 갈아입을 생각이야."

"안 돼요! 옷 갈아입고 와서 드세요."

나 역시 집안에서는 외출복보다 한 치수 큰 헐렁한 티셔츠와 바지를 입는다. 그러나 나는 분명하게 못을 박았다.

"나는 한 발자국이라도 대문 밖에 나갈 때는 옷을 갈아입어요. 아저씨도 그렇게 하세요."

S현에 사는 어떤 부인이 씁쓸히 웃는다.

"2년 전에 은퇴한 남편은 건강도 안 좋아서 거의 집에 있습니

무신경한 남편

다. 일단 기상하면 옷을 갈아입기는 하는데 도무지 차림새에 신경을 쓰지 않습니다. 또 목욕하기를 싫어해서 머리조차 감으려 하질 않아요. 곁에 있으면 냄새난다고 했더니 부루퉁해서 그날 밤은 마지못해 머리를 감더라고요."

잘한 일이다. 냄새난다는 말은 아내가 아니면 절대로 못한다.

나는 아저씨에게 말했다.

"○○씨를 보세요, ○○씨를 보세요(두 분 죄송해요~). 은퇴한 지 아직 2년밖에 안 되었다는데 완전히 늙수그레한 할아버지가 되어버렸어요. 남자도 나이가 들수록 더욱 차림새에 신경을 써야 해요. 내 말 명심하세요."

이성의 힘은
멋쟁이가 되는 데 즉효

남편을 내면부터 생기 넘치게 하는 지원과 충고도 아내의 역할이다. 그러려면 무신경한 남편이 될 요인을 거꾸로 이용하면 된다. 외출 일정을 만들고, 손님을 초대하며, 볼일을 만드는 것. 이 세 가지다.

외출 일정을 만들려면 지금까지 기술했던 사회복지관 활동에 참여하거나 지역활동(자원봉사, 자치회의 임원활동 등)을 하고, 가끔씩 일하러 가는 등의 방법이 있다. 은퇴 후 2개월쯤 지나도 남편이 집에서 꼼짝할 기미가 보이지 않는다면 아내가 부지런히 외출할 기회를 만들자. 슈퍼마켓, 쇼핑, 영화, 콘서트 등에 가자고 하는 것이다. 내가 듣는 한 아내가 가자는데 거절하는 남편은 없다. 남편이 조금씩 외출을 덜 귀찮아하면 "오늘은 혼자 가보는 게 어때요?" 하고 배웅하자. 언제까지고 외출을 지원하면 남편은 바둑이가 되고 말기 때문이다.

그리고 손님을 초대한다. 근처에 아들이나 딸 부부가 살면 "식사하러 오지 않으련?" 하는 형태로 초대하는 것이 최고다. 손님이 오면 부부가 함께 방을 말끔히 치워야 하고, 무슨 요리를 할지 궁리해서 장도 보고 몸단장도 해야 하므로 저절로 마음이 들뜨고 부산해진다. 일주일에 한 번이나 2주에 한 번 정도 정기행사를 가지면 어떨까.

그러나 뭐니 뭐니 해도 은퇴한 남편을 멋쟁이로 만드는 최고의 힘은 이성의 힘이 아닐까 한다. 대표적인 예가 바로 우리 아저씨다. 사회복지관 댄스클럽의 아주머니들이 싫어하지 않도록 현역시절보다 3배쯤 차림새에 신경을 쓴다. 배가 나왔긴 하지만 꼿꼿이 등을 펴고 걷는다. 그 탓인지 예전보다 생기발랄하다. 아주 바람직한 현상이다.

사회복지관 강좌, 동아리, 클럽 참가자의 대다수가 여성이다. 이성의 힘으로 남편이 외모에 관심을 갖는다면 아내로서는 반가운 일이다.

은퇴 후 리모델링으로 산뜻한 생활을 하자

잡동사니가 곳곳에 흩어져 있고, 벽지가 벗겨지거나 떨어져 나간 너저분한 집에서 살면 정신 상태도 해이해져 나태해지기 쉽다. 남편의 은퇴를 계기로 집도 점검해 보기 바란다. 개축, 리모델링, 혹은 이사 등이다.

남편의 은퇴와 동시에 같은 장소에 개축을 한 A씨의 말이다.

"아이들은 독립하고 부부끼리 단출하게 삽니다. 이제 넓은 집은 필요 없으니 관리하기 쉬운 작고 아담한 집에 살자고 남편과 의논했습니다. 건축업자들과 교섭하는 것도, 서류 수속도 두 내외가 기운 있을 때 해야겠다 싶어서 말 나온 김에 해치웠습니다. 중요하게 여긴 것은 방범과 거실의 채광입니다. 나이를 먹으면 날씨에 따라 기분이 좌우되잖아요."

또 어떤 부부는 어머니를 간호했던 경험을 거울 삼아 차 없이는 병원 가기 불편했던 집을 처분하고 시내의 맨션으로 이사했다. 병원과도 가깝고, 휠체어가 드다들 수 있도록 문턱이 없어 노부부가 살기에도 편했다.

우리 집도 노후가 심해서 아저씨가 은퇴한 뒤에 욕실과 탈의실, 지붕과 외벽, 부엌 순서로 리모델링을 했다. 역시 과감히 해치우길 잘했다 싶은 것이 내 소감이다. 은퇴한 뒤에는 부부가 함께하는 시간이 는다. 오래 머무는 장소를 조금씩 손질해서 밝고 쾌적한 환경을 만들어 나가자.

특히 할일이 없어서 무료할 때 추천할 일이 있다. 앨범, 사진, 오래된 편지, 일기류의 정리·처분이다. 나는 몇 년 전부터 틈틈이 이것들을 정리하고 처분하는 작업에 착수했다. 젊은 시절의 사진도 반으로 줄였다. 부모님이 돌아가셨는데 10권이나 되는 앨범을 처분하느라 애먹었다는 얘기를 들었기 때문이다. 본인의 앨범과 사진은 본인 이외에는 아무런 감상도 없는 법이다. 체력이 있는 동안 조금씩 처분할 생각이다. 동시에 나는 가급적 사진을 찍지 않으려고 애쓴다. 찍지 않으면 늘어나지 않기 때문이다. 아저씨에게도 "물건은 줄여 나가요. 여행 가도 기념 사진은 한 장만 찍으면 충분해요."라고 말한다.

좀 더 철저하게 정갈한 생활을 실천하는 사람도 있다. 오사카에 사는 미에 씨이다.

"남편은 퇴직한 뒤에도 일을 하기 때문에 불가능하지만, 저는 나들이옷을 계절별로 한 벌씩만 두기로 했습니다. 나머지는 집에서 입는 옷 몇 벌뿐입니다. 그랬더니 옷장에 전부 들어가서 계절마다 옷을 교체해서 수납하지 않아도 됩니다. 외출할 때도 어떤 옷을 입을까 망설이지 않아도 되어서 편합니다."

미에 씨는 옷에 가욋돈을 들이지 않는 만큼 보고 싶은 연극, 듣고 싶은 콘서트에 가고 결혼기념일과 생일에는 부부끼리 오붓하게 호화로운 식사를 즐기러 나간다. 본받고 싶은 생활이다.

생활의 간소화. 이것이 삶의 멋을 누릴 줄 아는 은퇴 부부의 첫 번째 조건일지도 모른다.

제 15 조

유사시에 대비해
통장을 가져라

제15조

자기 명의의
통장을 갖고 있는가

친구의 남편은 내년에 은퇴를 맞는
다. 이 연배치고는 드물게 남편과 금실이 좋다. 진즉에 알았지
만 그녀는 자기 명의의 통장을 갖고 있지 않았다.

"아르바이트도 오래 했으면서 여태 네 이름으로 된 통장 하나
없다는 게 말이 돼? 대체 너 딴 주머니를 차기는 하는 거야?"

"일주일에 두 번 하는 아르바이트니까 한 달에 겨우 몇 만 엔
인걸 뭐. 직접 현금으로 주니까 그대로 갖고 있다가 화장품이랑
옷 사고, 친구들 만날 때 쓰고, 그리고 이따금씩 얼굴 내밀고 가
는 손자가 사달라는 것 사주다 보면 녹아 없어져. 딴 주머니는

무슨. 그리고 남편 통장을 내가 관리하니까 필요하면 남편에게 이유를 말하고 찾아 쓰면 되지 뭐."

금실이 좋으니까 '주머니 돈이 쌈짓돈'이라고 특별히 딴 주머니 찰 필요도 못 느끼고 살아왔겠지만 어쩜 이리도 무사태평인지.

겁주려는 의도는 아니지만 은퇴한 뒤 남편과 죽는 날까지 금실이 좋으리란 보장은 없다. 지금까지는 남편이 돈 가지고 쫀쫀하게 굴지 않았더라도 퇴직하고 연금이 만기지급되기 전까지 "앞으로 통장은 내가 관리할게."라는 말을 꺼내지 않는다고 장담할 수 없다.

비상금마저 없으면 앞으로 얼마나 구차하고 치사할지 생각해 보았는가. 시골에 계신 친정 부모님이 쓰러지셔서 당장 달려가야 할 때 비행기 삯 등의 교통비는 물론이고, 도착해서 드는 잡비까지 남편에게 부탁해서 인출해야 한다. 부모님께 이것저것 해드리고 싶은 마음은 굴뚝같아도 가욋돈이 없으면 별 수 없다. 그러므로 자신이 자유롭게 쓸 수 있는 자기 명의의 통장, 현금 카드는 필수품이다.

나는 친구에게 말했다.

"대개의 부인들은 자신이 아르바이트해서 번 돈의 대부분을 자기 명의의 통장에 저축한다더라. 자기 용돈은 남편 월급에서 빼서 쓰고."

"아하, 그런 식으로 하는 거구나."

친구는 감탄한 듯이 말했다. 나는 채근했다.

"넌 지금 네 명의의 예금은 땡전 한 푼 없지? 이번 달 아르바이트 비를 받으면 곧장 은행으로 달려가서 전부 네 명의의 통장에 입금하고 현금카드를 만들어."

친구가 묻는다.

"하지만 아르바이트 비 그까짓 거 모아봤자 푼돈이야. 좋은 수가 없을까?"

"남편이 퇴직했을 때 퇴직금에서 용돈 조로 목돈을 받는 방법도 있어."

나는 한 가지 예를 이야기했다.

"어느 부인은 남편에게 퇴직금이 입금된 뒤 말했대. '여보, 내 친구 M도 R도 남편이 그동안 수고했다며 2백만 엔이나 줬다고 자랑하더라고요. 나도 받고 싶어요.'라고. 남편은 잠시 생각한 뒤 알았다고 하고는 이튿날 아내의 구좌에 '앞으로 당신 용돈 해.'라며 2백만 엔을 입금해 주었대. 아내의 친구들에게 쩨쩨한 남자라는 소리를 듣고 싶지 않았던 건지도 모르지. 이런 경우 친구를 예로 인용하는 것은 영리한 방법이야."

친구는 깊이 수긍했다. 분명 참고로 할 것이다.

나는 덧붙여 말했다.

"남편이 은퇴하더라도 행여 아르바이트 관둘 생각 마. 한 치 앞도 모르는 거니까. 일할 수 있는 동안은 일해서 조금이나마 통장 잔고를 늘려둬. 앞으로 일어날 만일의 상황에 대비해서."

제15조

아내를 감동시키는
퇴직금 나누기

그러나 퇴직금을 통째로 움켜쥐고
아내에게는 한 푼도 나눠주지 않는 남편도 있다. 후사코 씨의
남편도 그러하다.

"결혼 당시부터 남편의 통장도 전부 제가 맡았습니다. 매달
입금되는 월급을 제가 관리하며 남편에게 용돈을 주는 방식으
로 살림했습니다. 그런데 퇴직금만큼은 자기가 일해서 번 돈이
라며 독차지하고 한 푼도 내놓질 않습니다. 제가 얼마나 나왔냐
고 아무리 물어도 남들만큼 나왔다고만 할 뿐 금액조차 가르쳐
주지 않아요. 아무래도 일부를 투자로 돌린 눈치인데, 우아하게

친구들과 골프 치러 다니고 여행 다니는 꼬라지를 보면 부아가 치밉니다. 자기가 일해서 번 돈인 것은 분명하지만, 무탈하게 근무해서 퇴직금을 탈 수 있었던 건 가정주부인 제가 가정을 지키고 세 아이를 반듯하게 키웠기 때문 아닌가요? 따라서 퇴직금은 둘이서 모은 돈이라고 생각합니다. 독차지하고 자신의 취미활동에만 척척 쓰는 것은 절대 용납 못해요!"

화난 후사코 씨는 옳은 짓인지 나쁜 짓인지는 차치하고 다음과 같은 방법을 썼다.

"퇴직금 이외의 통장은 내가 관리하거든요. 연금이 입금되는 통장 이외의 남편 명의 통장에서 바지런히 현금카드로 돈을 찾아서 장롱 예금을 해두고 조금 모이면 제 명의의 통장에 예치합니다. 4년 동안 그렇게 했더니 우후후, 그럭저럭 꽤 큰 액수가 되더라고요. 남편은 통장 따위는 보지 않는 사람이니까 전혀 눈치 못 챕니다."

나는 남편들에게 말하고 싶다. 후사코 씨가 말했듯이 남편이 무사히 정년퇴직을 맞이할 수 있었던 것은 아내가 든든한 버팀목이 되어주었기 때문이다. 그래서 아내들은 퇴직금이란 부부가 함께 모은 돈이라고 생각한다. 그러니 남편 혼자 움켜쥐지 말고 아내에게 "오랜 세월 직장생활을 할 수 있게 내조해 줘서 고마워. 앞으로도 잘 부탁해. 이것은 내가 감사의 뜻으로 주는 돈이야." 정도의 말을 곁들이며 적게나마 뭉칫돈을 건네주길 바란다. 그런 배려가 없으면 아내는 '얼씨구, 그딴 심보로 나온단 말이지.' 하고 예금 조작으로 치닫는다. 아내를 만만하게 보았다가는 큰 코 다친다.

아울러 예금 조작은 간 큰 부인들이나 하는 희한한 일은 아니다. 남편의 현역시절부터 유사시에 대비한다는 명목으로 남편 명의의 예금을 야금야금 빼서 자기 명의의 통장에 이체하는 부인은 내가 아는 사람만 해도 한둘이 아니다. 뭉칫돈이 있다는 안도감을 원하는 것이다. 결코 사치품을 사기 위해서가 아니다.

나는 이러한 아내들의 마음을 백분 이해한다. 단, 분명히 밝히지만 나는 하지 않는다.

퇴직금은 미래가 아니라
지금 쓰세요

어떤 부인이 말했다.

"저희 집은 연금으로 생활하는 가정이어서 살림 꾸려 나가기가 정말 빠듯합니다."

그녀의 남편은 이름이 알려진 회사를 정년퇴직했다. 퇴직금도 두둑이 나왔을 것이다.

"퇴직금이 있잖아요."

내가 말하자 그 부인은 애매하게 웃었다.

노후를 위해서라는 이유로 퇴직금은 거의 축내지 않고 저축과 투자로 돌려서 자산 증식을 위해 운용하는 부부도 많다.

남편이 받은 연금을 보고 나도 새삼 놀랐는데 예상보다 훨씬 적다. 넌지시 물어도 적다고만 할 뿐 남편의 연금액을 정확히 가르쳐주는 부인은 없지만, 우리 집을 포함해서 지극히 평범한 회사원 가정에서 퇴직한 후에 받는 액수는 대개 월 20만 엔 남짓일 것이다. 20만 엔 남짓한 돈으로 매월 적자를 내지 않고 생활하려면 아무리 두 식구뿐인 단출한 살림이라도 허리띠를 졸라매고 근검절약해야 한다.

그래서 우리 집은 퇴직금을 분할해서 연금처럼 2개월에 한 번 입금되도록 했다. 간단히 말하면 곶감 꼬치에서 곶감 빼먹듯 퇴직금을 깨서 생활비로 충당하는 것인데, 덕분에 살림이 그다지 옹색하지는 않다. 이것으로 충분하다.

생활의 목표가 퇴직금을 축내지 않고 철저히 '사수'하는 것인 은퇴 부부는 약간 초라하다. 나는 누구에게도 뒤지지 않을 만큼 자식과 손자를 사랑하지만 갖은 궁상을 떨어가며 돈을 아껴서 한 푼이라도 더 남겨주고픈 마음은 없다. 자식들도 부모의 경제 사정을 잘 알기에 얼마쯤 유산으로 남겨주겠거니 기대하지는 않을 것이다.

그 대신 나는 딸이 SOS를 치면 신칸센을 타고 손자를 봐주러 부리나케 달려간다. 딸이 친정에서 둘째 아이를 낳고 싶다고 상의하면 기꺼이 채비를 마치고 데려다가 최선을 다해 보살핀다.

그런 때는 돈을 아낌없이 쓰기로 했다. 미래가 아니라 지금 할 수 있는 일을 위해 유용하게 쓴다. 퇴직금은 초라하지 않게 생활하기 위한 '활성보조금'으로써 조금씩 다 쓰면 된다는 주의이다. 이것도 돈을 활용하는 한 방법이라고 생각한다.

유산을 남긴 탓에 골육상쟁이 일어났다는 얘기를 많이 듣는다. 없으면 그럴 염려도 없다. 죽을 때에는 장례식 비용과 여러 가지를 처분할 뒤처리비만 남기면 족하다고 생각하기로 했다.

맺음말

앞으로 일 년 후면 은퇴라는 한 남성으로부터 엽서를 받았다.

"저는 아침에 눈을 뜨고 '자, 오늘은 뭘 할까?' 하면서 여유를 만끽하는 생활이 꿈입니다. 이런 생활은 시시할까요?"

나는 엽서를 향해 말했다.

"아니요. 은퇴한 남편의 올바른 자세라고 제시할 만한 모범답안은 없습니다. 자신이 날마다 행복하다고 느끼면 그것으로 족하지 않을까요? 하지만 절대적으로 옳은 것은 없어도, 조금은 옳다고 할 수 있는 바람직한 자세는 있습니다.

이 책에도 썼습니다만, 혼자서만 유유자적한 생활을 즐기면 아내와 알콩달콩 살기 힘들어집니다. 분명 부인께서는 예전의 저처럼 스트레스가 쌓이실 겁니다. 스트레스가 쌓이면 ○○씨께도 퉁명스럽게 대하겠죠. 그러면 ○○씨의 마음도 평온을 유지할 수 없습니다. 다행히 ○○씨는 은퇴까지 아직 시간이 있습니다. 기회 있을 때마다 아내와 은퇴 이후의 생활을 주제로 대화를 나눠보시는 게 어떨까요?"

그렇다. 은퇴 부부에게 중요한 것은 다음 두 가지이다.

스트레스를 최대한 줄이는 노력과 부부가 마주보고 즐겁게 사는 노력. 그 노력을 돕는 힌트가 이 책의 15개 제언이다. 취재한 다양한 가정의 실제 사례와 아내들의 본심을 참고로 했다.

남편을 키우는 아내에게, 한 가지 당부할 것이 있다.

남편은 제6조에서도 이야기했다시피 정년 미아이다. 일을 그만두고 나면 막상 무엇을 하면 좋을지 몰라서 당혹스러워한다. 당연히 가정과 지역사회에 강한 아내가 우위에 선다. 우위에 선 사람은 신참을 상냥하게 리드해야 한다. 이것이 요점이다.

또한 남편 키우기에는 고운 말, 배려, 미소를 잃지 않는 역량이 필요하다. 나는 이 역량이 부족해서 여러 해에 걸쳐 시행착오를 거듭하면서 간신히 남편 키우기에 성공했다. 힌트가 없었기 때문이다. 그런 의미에서도 은퇴를 앞둔, 혹은 이미 은퇴한 남편을 둔 아내들이 이 책을 활용해서 하루속히 원만한 관계를 구축해 가기를 바란다.

리드하기가 어렵거나 남편이 외면할 때는 남편 앞에 서서 조용한 미소를 지으며 (이것도 노력이 필요하다) 옴짝 못하게 으름장을 놓는다.

"나는 당신과 함께해서 행복했다고 회상할 수 있는 노후를 보내고 싶어요."

남편이 은퇴한 뒤에 아내나 남편 어느 한쪽만이 아니라 양쪽 모두 유쾌했으면 하는 바람이다. 언뜻 보면 무서운(!) 제목의 이 책이 여러분과 남편을 진짜 원앙 부부로 만드는 참고서가 되면 기쁘겠다.

끝으로 출판에 즈음해서 폐를 끼친 분들에게 심심한 사의를 올린다.

고단샤 학예국 학술도서 출판부의 미츠모토 노부코 씨. 친절을 믿고 꾀부리다가 원고가 늦어져서 정말 죄송합니다. 일러스트레이터이신 스즈키 마미씨 씨. 유쾌하고 맛깔스러운 일러스트를 그려주셨습니다. 흔쾌히 취재에 협력해 주신 많은 분들. 순전히 자기 얘기인 줄은 까맣게 모르고 수고 많았다고 칭찬해 준 아저씨(남편).

여러분 감사합니다. 대단히 고맙습니다.

오가와 유리

아이 하나 더 낳았다고 생각하고
다시 한 번 혼자 용쓰기

이렇게 하면

응응

저렇게 하면

남편을 키우는 것도
아내의 역할인가…

더 늦기 전에 아내가 꼭 알아야 할
은퇴 남편 유쾌하게 길들이기

초판 1쇄 인쇄 2009년 8월 17일
초판 1쇄 발행 2009년 8월 24일

지은이 | 오가와 유리
옮긴이 | 김소운
펴낸이 | 한 순 이희섭
펴낸곳 | 나무생각
편집 | 정지현 이은주
디자인 | 이은아
마케팅 | 김종문
관리 | 김하연
출판등록 | 1998년 4월 14일 제13-529호
주소 | 서울특별시 마포구 서교동 475-39 1F
전화 | 02)334-3339, 3308, 3361
팩스 | 02)334-3318
이메일 | tree3339@hanmail.net
홈페이지 | www.namubook.co.kr

ISBN 978-89-5937-175-4 03830